フェロウ
フィールズ
エル

CHARACTERS
メイリア
ウサオ
ツーリア

女神
フェルミエーナ
「そこの異世界の魂、いい加減起きなさいっ」
「ここは……」
「ここは神域、私の生活空間ね。
あと胸元すらっととか言わないでよっ！」
どうやら魂だけの存在になったから、
考えていることが筒抜けらしい。

転生冒険者、ボッチ女神を救う

~もふもふ達とのんびり旅をしていたら、魔法を極めてた~

1

黄昏　ill. π猫R

プロローグ

ブラック企業に勤め、青年期を過ぎ肉体の成長に陰りが見えるしがないサラリーマンの俺だが、長らく放置していた部屋の掃除をしようと休日出勤を早めに切り上げ帰路に就く。

交差点に差しかかると、目の前には信号待ちをしている部活帰りの男子生徒とマネージャーっぽい女子生徒が楽しげに会話をしている。

その足元に突如魔法陣が浮かび上がり、光に包まれる。

突然のことでびっくりしたが、俺のところまで魔法陣が伸びてきていないことになぜか冷静に安《あん》堵《ど》し、右端に避けつつ信号待ちをしていたら、突然の衝撃がっ!?

えっ、トラックにでもはねられた!?

そりゃ交差点で眩《まばゆ》い光を見たら、目もくらんで運転をミスるよね……。

はね飛ばされそのまま光の中に飛び込んだ俺は、強烈な痛みに苛《さいな》まれ意識が途切れた。


「そこの異世界の魂、いいかげん起きなさいっ」

真っ白な空間に美しい女性が佇《たたず》んでいるのが見えた。ふわふわとした柔らかそうな長い金髪で欧米人のような顔立ち、すらっとした体型に張りのある腰つき、ついでに言うと胸元のほうはすらっとしている。

「ここは……」

「ここは神域、私の生活空間ね。あと胸元すらっととか言わないでよっ！」

どうやら魂だけの存在になったから、考えていることが筒抜けらしい。

殺風景なとこで生活しているのかと周囲を、というより後ろを見ると、っていうか体がないから周囲を見るように意識すると、後方に椅子やテーブルといった家具があり、なんなら炬燵《こたつ》と食べ散らかしたミカンや煎餅の痕跡が残る。

俺の背後だけ生活感ありまくりだ。

「ここだけ配信スペースかよっ」

突っ込まずにはいられない。

「仕方ないじゃない、私だって生きているのよ。もっと女神らしく厳《おごそ》かな空間で生活したいけど、今は神力《しんりき》が不足して最低限の生活なの。僅《わず》かな神力《しんりき》は人間のために使っているし、あんまり余裕がないのよ」

こんなグリーンバック擬《もど》きのスペースで神様活動をしているらしい。どうやら力不足の女神様のようだ。

「私だって神力《しんりき》に余裕があれば、配信スペースと生活空間を分けたいわよっ」

自ら配信スペース言っちゃっているし。

とにかく話を聞いていくと、勇者召喚では召喚元と召喚先はいくつかの世界で隔てられており、召喚者を保護するために幾重にも重ねられた障壁が、世界を渡るたびに玉ねぎの皮のように剥《む》かれていき、ようやく召喚元にたどり着くらしい。

俺はトラックにはねられた衝撃で寝そべった姿勢で魔法陣に飛び込み、その防御障壁の中途半端なとこに押し込まれ、幾重もの障壁に体を刻まれたことで死亡。

魂だけが、本来は通過するだけだったはずのこの異世界に零《こぼ》れ落ちたらしい。

「死因が障壁ギロチンってどんなだよ……」

自身のあり得ない死因に驚きしかない。

「大丈夫。頭だけは無事召喚元にたどり着いているから」

安心しなさい。とでも言うかのように、女神らしく慈愛に満ちた表情を浮かべていた。

「異世界召喚で混乱しているとこに、俺の生首とご対面とか勇者たちにはホラーでしかないわっ」

すまんな召喚勇者諸君、俺の頭部がご迷惑をかけます、合掌。

おまけに通過しただけの異世界に、輪切りになった俺の身体が散らばっているわけだ。

相当数の異世界に迷惑かけたかもしれない。

「可哀相《かわいそう》だから私の世界に転生させてあげるわよ。魔法の存在する世界だから地球人心《ごころ》をくすぐるでしょ。それに勇者召喚の魔法陣を通ったからアイテムボックスが魂に刻まれているわ」

「荷物が収納できて重さも感じないヤツ？」

「ふふっ、よく知っているわね。容量の大きさとアイテムボックス内の時間の流れがどうなっているかについてはわからないから、実際に使ってみてね」

女神の力でスキルは見えても、詳細までは見通せないようだ。

そんなことを思い浮かべていたら女神は不満げな表情を浮かべていた。

そういえば心を見透かされるんだった。すまん。と、心の中で謝罪をする。

「輪廻《りんね》の輪に送るとクリーンな魂になってから、どこかの世界の何かの生物に転生するのよ。せっかくのアイテムボックスも消えてしまって勿体《もったい》ないわ」

どうやら異世界召喚陣に捕らわれると、定番の異世界言語、鑑定、アイテムボックスとあとは個性に合わせた固有能力が魂に刻まれるらしい。その中で俺はアイテムボックスが刻まれるタイミングでこの世界にいるらしく、ほかの能力は付与されてないそうだ。残念。


前世、いやまだ転生してないから、まだ今世のロスタイムか？

とにかく今世の俺は母親一人、子一人の母子家庭で育って、お金で苦労したから勉強はがんばっていた。

その甲斐《かい》あっていい企業に就職はできたが、何年かしたら母親が若年性アルツハイマーを発症し、俺しか面倒を見る人がいないからやむなく介護離職をして最期を看取《みと》った。

いい企業に就職していたからその時の貯《たくわ》えで生活はできたが、さすがに介護と葬儀で貯金もかつかつ、焦って早期の就職を望んだ結果、再就職先はブラック企業だったのだ。

後ろ暗いことのない人生ではあったが、人生を楽しんだかというとそうではないと思う。青春は勉強に費やし、就職してからも趣味に時間を使うことも、女性と楽しく過ごすこともなかった。

介護に時間を取られ、その後はブラック企業に時間を食われ、そのまま人生終了した。

そう考えると魔法の有無は無視しても、記憶とアイテムボックスという能力を保有したまま新しく人生を始めることはとても魅力的に思えた。


「転生でお願いします」

これ一択である。


「それじゃ、まずは自己紹介からね。あなたの名前は？」

「俺の名前は……。あれ？　思い出せない!?」

つい先ほど死んだばかりだというのに、頭部を消失したせいか霞《かすみ》がかかったように断片的な記憶しか思い出せない。地球人、日本人、そして男であったことは確実に思い出せるけど、どこの誰だったかまでははっきりしない。

「仕方ないわね、私から自己紹介するわ。まず私の名前は女神フェルミエーナよ。そしてこの世界はヘイムラム――」

俺との会話が楽しいのか、心底嬉しそうな表情を浮かべて自らを女神と名乗っていた。

少し話しただけでもわかるけど、この女神物凄《ものすご》いお喋《しゃべ》りだ。まだ自己紹介の途中だというのに、すでに十分以上一人で喋っている。これはあれだな、話し相手がいなくて会話に飢えていたようだ。

その自己紹介をまとめると、主神から世界を管理する認可を得たばかりの新米女神で、この世界を創造したそうだ。

他の神が人類を愛《め》でる姿に憧れ、進化の過程をすっとばして直接人類を創造したから、知恵や技術といったものが全く備わってない状態で生活が始まったらしい。何もかもが不足し、そのままではせっかく造った人類がやがて死滅するのが目に見えているのでさすがに放置するわけにはいかず、世界のあちこちに女神神殿を建立し一時的な生活拠点を作り、魔力量が豊富な存在も造りだし、その人間をリーダーとして神託を降ろし、説明や助言を適宜行っていたそうだ。

神力《しんりき》を使ってサポートアイテムもいろいろ用意し、女神神殿を通じ地上へと送っていた。

そりゃ裸で生まれてくるから服やら何やら必要だからね。

そうして人類が生存圏を広げやっと世界中に散らばった頃、友人の混沌神《こんとんしん》から新任祝いにダンジョンの種を蒔《ま》かれてしまった。

ダンジョンは試練でもあるが資源でもあり、魔物を生み出すので危険は伴うが探索することで得られるものも多いという。女神の助けになると混沌神は言っていたそうだ。

そのダンジョンが警告もなく突如芽吹き、魔物が世界中に溢《あふ》れるという世界規模の魔物氾濫《スタンピード》に人類は一気にその数を減らした。

女神も人類を助けるため、自分の力で作った女神神殿を起点に、魔物を遮る障壁を発生させ人類を保護した。

しかし、人口が減った上に頼りない女神を見限る人も現れ、祈りを捧《ささ》げられる機会が減り、それに伴い女神フェルミエーナの神力《しんりき》が大きく低下してしまい、神託すら降ろせなくなった。

「それで神託を降ろせなくなったのをいいことに、私の名前を勝手に使って聖フェルミエーナ皇国とかいう国の権力者が、自分勝手に『自分が授かった神託を伝える』とか言って、私の名前を使って好き放題にやっているのよ！　それに『自分が授かった』って何よ！　『女神より授かった』なら敬う気持ちが少しは残っているのかと思うのに、欲望に忠実すぎるのよ！」

先ほどまでは楽しそうに話していた女神様も、聖フェルミエーナ皇国とかいう国が話題に出ると、途端に機嫌が悪くなった。その国の権力者に対して大層ご立腹のようだ。

女神の怒りが収まると言葉が途切れて静かになり、悲しげな表情を浮かべていた。

そんな女神の姿に同情し力になってやりたいと思ったが、魂だけの存在では何もできない。

その感情を読み取ったのか気を取り直した女神は、会話に飢えていたかのようにさらなるお喋りを求めていた。

「人々の生活を見ているのも楽しいけど、危機的状況に陥ったことで生存本能を優先する人が増え、利己的な考えで悪事を働く人が多すぎるのよ！」

「例えば？」

「良くない薬をばら撒《ま》いて人々を堕落させ大儲《おおもう》けする人がいたり、短絡的に暴力をふるう人が増えたりしているし、真面目に働かず身を持ち崩し、盗賊に落ちる人も数多くいるわ」

神託が降りなくなったことで好き勝手に生きる人が増え、モラルも崩壊しているみたいだ。

転生前に世界のあれこれを訊《たず》ねたら、有益な情報一割、愚痴や雑談九割の女神トークをかまされた。

聖フェルミエーナ皇国が話題に出た時点で、「あいつら禿《は》げ散らかせばいいのに！」とか「モテなくなる呪いをかけたいわ！」などの悪態混じりの愚痴ばかりで、神力《しんりき》が減退して大したことができないのもあり、相当鬱憤《うっぷん》が溜《た》まっているようだ。

「それにダンジョンの最深部にはダンジョンコアっていうものがあって、大地に満ちる私の力を吸収したダンジョンコアは、さらなる力が蓄積されると混沌神の元に眷属《けんぞく》として旅立つのよ！」

眷属のもとになる材料だというのなら、同じ神である女神フェルミエーナでもダンジョンコアを入手すれば眷属を作れるんじゃ？

「それならこの世界の住人にダンジョンを踏破してもらって、ダンジョンコアを女神神殿にでも捧げてもらえばいいんじゃない？　混沌神の眷属になる前に女神様の眷属にしちゃえばいいし、そうすれば話し相手くらいにはなってくれるんじゃないかな？」

眷属を増やして女神様に話し相手でもできれば、配信スペース擬きの場所でのボッチ生活も、少しは改善する気がする。旅立たれる前にダンジョンコアを、先に抑えることを提案する。

「それいいわね！　採用するわ！」

新たな方針に希望が見えたのか、心底嬉しそうに宣言する女神様。

「でも神託降ろせないんですよね？　どうやってダンジョンコアの回収を指示するんです？」

「えっ!?」

いま気づきましたとばかりに目を丸くする女神様。腕を組み顔を俯《うつむ》かせ束《つか》の間《ま》の逡巡《しゅんじゅん》ののち、開いた口からはこんな言葉が零れ落ちる。

「そこは君にがんばってもらうわ！」

「俺に丸投げかよっ!?」

胸の内に秘めていても、どうせ心を読まれて女神様の耳に入るのだから、突っ込みを遠慮なく口にする。魂だから口はないけどっ。

ダンジョンコアの回収が、転生後の仕事の一つになりそうだ……

こんな寂しそうな部屋でたった一人、自身が生み出した世界、ヘイムラムを見守るボッチ女神。話し相手の一人でもいれば、相談したり愚痴を零したりと、日頃からストレスを溜め込まない生活もできるだろう。そうすればここを訪れる魂たちも、愚痴地獄に溺れなくて済むようになるはず。いつかは訪れるであろう後輩のためにも、ダンジョンコアの回収をできる範囲でしておくか。そう心に決めると、見計らったかのようににっこりと笑みを浮かべる女神様。

明らかにいま心を読みましたよね!?

そんな愚痴混じりの会話はすごく長く感じられ、まるで「愚痴地獄なのか？」って思うくらいの体感時間だった。体ないけど。

「そういうわけだから、転生したら私の神力《しんりき》が回復するような活動してねっ。無理にとは言わないけど期待はしているわ！」

ダンジョンコアの眷属化の件もあって、必要以上に期待の眼差しを向ける女神様は、これまでにないほど上機嫌な様子が見て取れる。

「どういうわけだよっ、女神の使徒をやれってこと？」

「今の私に使徒を作る神力《しんりき》はないわよ。でも使徒っぽく活躍してね」

ちゃめっ気たっぷりに笑みを浮かべてウインクする女神様。

女神様のフォローもなしに、どないせいっちゅうんじゃ……


どんな活動をすればいいか詳しく聞くと、個人でできる範囲は魔力を高めること、女神フェルミエーナの名を敬意を持って唱えること。もちろん信仰を広めるのが一番らしい。

その程度でいいなら簡単そうだし、俺という魂を維持したまま人生をやり直せるんだ。そこには感謝しかないし。できる範囲でいいならいくらでも手伝うし女神様にも敬意を払う。

「簡単でしょ？　魔力を高めると私からのご褒美もあるからぜひともがんばってほしいわ。最初のうちはささやかな効果しかないけど、いくつも重ねればたくさん寿命が延びたり、固有魔法とかすごい能力が付くかもしれないからがんばってほしいわ！　無理そうなら何も気にせず自由に生きてもいいけど覚えておいてほしいな。それじゃあ地上に送るから、新しい人生を楽しんでね」

神々しくも眩いばかりの女神の微笑を浮かべ、さりげなく使命を押し付けられていた。

「いや魔力を高める必要があるなら、せめて魔法に適性のある子に生まれさせてくれっ」

転生チートは無理だとしても、使命があるならそれに適した体を希望する！

「大丈夫、私を崇《あが》めるよう人々を指導できる立場に転生させるし、魔力の適性のある子に生まれさせてあげる。今の私じゃ神力《しんりき》はあまりなくて地上に影響を与える力は弱いけど、配信スペース擬き《神域》の中に限っては問題なく力をふるえるわ」

「器《肉体》に納まっていない剥き出しの魂は、消えゆく定めにあるわ。偶然にも神域に舞い込んだから私の力で人格を保っていられるけど……、保護する前に崩れた部分はどうしようもないわね……、生まれる前に完全な魂になるよう少しだけ私の力で補ってあげるわ……」

最後に何やら不穏な台詞《せりふ》が聞こえた気がしたが、薄れゆく意識の中で考える。

新たな人生を送ることができるのは、神力《しんりき》を失った中でなけなしの力を行使した女神様の温情といえる。そこまでされて何もしないというのも気が引けるし、無理のない範囲で大丈夫なら、神力《しんりき》を回復させる手助けもしようと決意する。

人間の寿命と女神の寿命を考えると、生涯をかけてのんびり活動しても問題ないだろう。それに人々を指導できる立場に生まれるのなら、その地位に就くまで焦らなくてもいいし、難しく考える必要もない。

この時は割と単純に考えていたけど、地上に生まれ落ちたらそんな簡単な問題ではなかった……

そんな俺五歳は、いま養護施設で暮らしている。

人々を指導できる立場ってどこいった？

いや、どうしてこうなったかわかってはいるんだが言わせてくれ。

「どうしてこうなった!?」


豪華な装飾が施された机についた男がいる一室に、使用人と思《おぼ》しき衣装を纏《まと》った女性が、急いだ様子で訪れた。

「陛下、生まれました。母子ともに無事だそうです」

呼びに来た侍女は嬉しそうに朗報を告げた。

「そうか、待ちかねたぞ！　さっそく向かおう」

その報告を聞き、厳しい顔つきから一転、心底嬉しそうに微笑《ほほえ》む男は、威厳溢れる顔立ちに銀髪を煌《きら》めかせ、居ても立ってもいられない様子だ。

「王妃は？」

「出産を終え、今は休まれておいでです。ただ、問題が一つ……」

深刻そうな表情を浮かべ、伏し目がちの姿勢で語尾を濁す侍女。

「なんだ？」

「いえ……詳しいことは王妃様の元で……」

侍女は口ごもりなかなか話さずにいる。

そうかと呟《つぶや》いた男、国王ガリウス・フォン・ローゼグライムは、王妃の元に向かえばわかることだと執務室を後にした。


時は少し遡《さかのぼ》り分娩《ぶんべん》室にて。

そこは女性たちが、苦難と共に新たな命を紡ぐ神聖な場所。

その戦場のような場所で、一人の妊婦が生命の誕生という神秘に満ちた戦いを始めていた。

「エリザリアーナ様。もうひと踏ん張りです。いきんでください！」

王妃のいきみと共に、助産師の手により赤子が受け止められる。

「産まれました！　ですが泣きません！」

へその緒を処理した助産師は、赤子を侍女に預け尻を叩《たた》いて泣かせるが、呼吸の有無を確認するよう指示を出す。

「王妃様、お腹の中にはまだいます！　もう一人の出産を続けます！」

出産と泣かない子、喜びと不安、死産の恐怖を胸の内に秘め、再び出産の痛みに耐える王妃。

「おぎゃあ！　おぎゃあ！」

苦痛に耐えに耐え、最後のいきみでようやく生まれた新たな命。

部屋中に鳴き声が聞こえ、無事生まれたことに安堵する一同。

「おめでとうございます。玉のように元気な赤ちゃんです。出産お疲れ様でしたエリザリアーナ王妃」

母子の容態を確認し、王妃の健闘を称《たた》える助産師。

「初めに生まれた子も呼吸の確認ができました。二人とも男の子です、王妃様」

第一子を預かった侍女が、子供の無事を伝える。

「ありがとう。皆のおかげで大義を果たせました。ご苦労さまでした。しかし双子でしたか……子供たちを見せてください。」

産まれたばかりで赤く皺《しわ》くちゃな顔立ちを見せる赤子。

母親に似た金髪の子と父親に似た銀髪の子がそこにいた。

泣かなかった子、元気な子。王妃に似た子、国王に似た子。王家を継ぐ子を産んだ喜びと出産による疲労感、そして双子であった不安。

様々な感情に整理をつけ、人心地ついた王妃の元に国王が現れる。

「エリザ無事か？」

疲労の色が色濃く残る王妃に声をかける国王。

「はいガリウス。元気な子が生まれましたよ」

国王に優しく微笑む王妃。

権力で外堀を埋められてはいたが、幼馴染《おさななじみ》でもあり愛し合う仲の良い夫婦であり、私的な時間では互いを名前や愛称で呼び合う気の置けない関係であった。

「しかし双子か……」

国王ガリウスが悩ましく呟いた。


女神の配信スペースから追い出され転生と相成った俺は、なにやら頭や体を締めつける窮屈な隙《す》間《き》を通り、明るい空間に出たら尻を叩かれていた。

「先生、この子叩いても泣きません！」

浮遊感を感じつつも柔らかい感触と人肌の温《ぬく》もりから、女性に抱きかかえられているのはなんとなくわかるが、なんで尻を叩くのか!?

疑問に思っていると、俺の尻を叩いていた女性は、誕生したばかりの命が失われようとする感覚に恐怖を覚えたのか、悲痛な叫びで報告していた。

すまんな美しき人よ（まだ見えてない）。女神の神域での出来事をどこまで覚えているか思い出している最中なんだ。時間が経《た》って忘れてしまわないように状況把握もしたいし、考える時間が欲しい。産声を上げるのは少し待ってくれ。

しばらくすると近くで別の赤子の鳴き声が聞こえ、俺も羊水が口に残っていたのか咳《せ》き込んだことで呼吸をしていることが確認できたのか、尻叩きから解放された。

「エリザ無事か？」

「はいガリウス。元気な子が生まれましたよ」

相手を気遣い、お互いを思いやる優しい声音で話す夫婦の会話が聞こえてきた。

「しかし双子か……」

夫の呟きに妻が返す。

「いいじゃありませんか。あなたに似て元気な子ですよ」

俺は泣いてないけど、かーちゃんフォローありがとなっ。元気の良さのアピールと、お礼も兼ねて手を動かしてみる。生まれたばかりで筋肉が育っていないせいか、動きは拙《つたな》くぎこちないけど。

それよりも双子ってまずいの？

忌み嫌われるとかある世界観？

泣かなかった俺は何かしらの処分がされちゃうとか？

「王家には銀髪が相応《ふさわ》しいのは理解しているな」

「はい、もちろんです」

「では銀髪の子を第一王子とし、金髪の子は――『ガリウス、賢王養護施設へ』」

間髪をいれずエリザが言葉を被《かぶ》せた。

「そうだな、あそこなら王侯貴族のようには暮らせずとも、ほかの養護施設より安心できる」

大任を終えた妻を労《ねぎら》うかのように手を握り、やさしく語り掛けるガリウス。

「この子たちはわたくしがお腹を痛めて産んだ子です。母として愛《いと》しい気持ちもありますし、未来を案じておりますわ。せめて態勢が整うまではこの子は手元に置いておきたいですわ」

エリザは毅然《きぜん》とガリウスに話す。

「それしきのことであれば好きにするがいい。ただし、情報統制はするが、存在が知られるようになれば城外へと出す」

ガリウスは王妃の懇願を条件付きで受け入れた。

「致し方ありませんわね……。少しでも傍《そば》にいられるなら了承いたしますわ」

折り合いをつけたエリザを労《いたわ》るように手を取り、しばらくの間ガリウスは優しく見つめる。

だが、威厳を備えた表情を作ってがらりと態度を変え、居合わせた者たちに口頭で告げた。

「この場で見聞きしたことはくれぐれも口外せぬよう、しかと皆に厳命する！」

双子の出産という事実を隠蔽《いんぺい》する発言だ。

聞こえてくる会話から、いきなり処分という流れを回避したことに安堵するとともに、耳に届く両親の声に本能的に安心感を覚えた。

そして俺は寝るのが仕事のような赤子の身体では睡眠の欲求に抗《あらが》えず、俺の意識はフィラメントが切れるかのように眠りへと落ちていった。


二週間ほど経つと周りの状況も少しは見えてくる。

俺たち双子には、それぞれ乳母《うば》が付けられた。

銀髪の弟は名をウイリアムといい、乳母も高貴な血筋に連なる人が看《み》ているようだ。

ちなみに俺の名前はまだない。

養護施設行きが決まっている俺には予算がつかないのか、乳母も王妃が個人的に手配した人があてられており、環境の違いを物凄く感じる。

おっぱいはちゃんと出ているから食事に差はついてないと思う。赤子目線だけど。

「カタリナ。あなたはこの子と一緒に賢王養護施設へ行ってもらいます」

かーちゃんが俺の将来のために、乳母に共に引っ越しするように命じていた。

「畏《かしこ》まりました」

カタリナとは俺担当の乳母さんだ。

「遠い地になりますので、主人も一緒によろしいでしょうか？」

「そうね。賢王養護施設は王家直轄領。代官に騎士に取り立ててもらうよう書簡を認《したた》めますね」

「ありがとうございます。一家で引っ越すことにします。賢王養護施設のことを教えていただけますか？」

乳母さんも家族ごと養護施設のある地へ引っ越すことになり、乳母一家は俺のうーばーい……おっとこれ以上はいけない。

赤子のまま放り出されたら食事で詰むと思っていたから、これで俺も一安心だ。

どんなところかわからないけど賢王と名の付く養護施設生活となるなら、衣食住は揃《そろ》っているだろうし当面の生活は困らないはず。

「それとこの子の名前はエルにしましょう」

「エル様……ですか？」

「気の早いガリウスが男の子ならウイリアム、女の子ならエルリアーナにすると話していて、指輪まで作っていたのよ」

王侯貴族や有力者の中で、女神フェルミエーナにあやかり何々ーナと名付ける風習があり、女児全員につけると身内や周囲とも名前が被りすぎるので、慣習として長女にだけ付けられていた。

「男の子だけどエルリアーナからエルを残して名を与えたから、次に女の子が生まれても女神様にあやかった名付けはしないようガリウスに伝えておくわ。それにエルならどちらの文字も女神フェルミエーナ様からあやかっているの。きっとこの子にも幸運が舞い降りるに違いないわ」

父親はともかく母親は俺のことを大切に思ってくれているようだ。

母親の愛情に感謝しつつ、この世界の双子の扱いに理不尽さを感じていた。

「だからガリウスの作ったエルリアーナの指輪も、お守り代わりにエルに持たせましょう」

そう言って金糸で縁取りされた小さな巾着みたいな革袋に指輪を入れ、開かないように入り口を縫い合わせ、長さに余裕のある皮ひもで俺の首に下げていた。

王立賢王養護施設。

国名に薔薇《ばら》を冠したここローゼグライム王国では、数世代前に賢王と言われる名君が在位していた。その賢王の采配により農業改革、内需拡大、国力増大が成され、貴族間の力を削《そ》ぎ王家の力を強め、周辺国との難しい関係もローゼグライムに有利な形で決着をつけるなど、名君と言わしめる逸話が数多く残されている。

しかしながら、たった一つ欠点が存在した。


女性関係にだらしないところだ。


それは王立学院時代から始まり、婚約者がいる女性を口説き、真実の愛とやらで婚約破棄をさせ自分のものにする。

当然王城に行儀見習いで出入りする貴族子女にも手あたり次第に手を出し、当時の若い貴族の関係性は男女共々大混乱に見舞われた。

その前の王が急逝し若くして王位に就くも、すでに内政政策などで実績を上げていたことから多少の火遊びは見逃された。そして王家の権威が確固たるものになる頃には王立養護施設を建立し、婚外子は王族籍から外し母子ともにその施設での生活を行わせた。

王家の血筋を引く者として、傀儡《かいらい》政権の擁立など権力闘争に巻き込ませないため、辺境の地での隔離政策を取っていたのだ。もちろん辺境まで攫《さら》いに来る貴族を牽制するためにも、人知れず防衛の人員を配置していた。

婚約破棄に見舞われた多数の貴族に対しては、婚約者を奪われた不満を有利な領地替えや加増などによって解消し、経済的に向上する策で懐柔されていった。

王立養護施設がある僻地《へきち》も、もともとは王家に忠誠を誓う貴族が治めていた領地であった。

そんな名君の没後に、賢王の名称が追加され王立賢王養護施設と正式に呼ばれるようになった。


いや、そんないい話風に言われても、エロ王《賢王様》が大暴れしただけのことじゃないの!?

内需拡大とかは見事な政策だと思うけど、外交の優位性につながったとかって子供の残弾が多数あったからだよね?

婚姻政策でいっぱい送り込み縁戚を結び取り込んだとかの落ちじゃないの?

婚約破棄からのハーレムエンドで後始末もそつなくこなすとか、どんなイケメン王だよ！　教えてエロ大王！


俺の赤ちゃん活動、通称赤活だな。

養護施設生活が決まっているもんだから、なるべく早く自由に動けるようになりたいと寝返りゴロゴロがんばっていたら、こんなに活発な赤ちゃんはすぐにでもハイハイしてあちこち歩き回りそうで目が離せないと侍女たちに警戒されていた。

そのため、王宮内ではいないことにされているエルリアーナ改め俺エルは、養護施設送りの計画が早まった。

なんてこった。

今さら手遅れかもしれんが……寝返りしてもすぐにハイハイしませんよアピールのために、ベビーベッドの中でおとなしくし、今度は魔力量を上げようと魔力向上活動、通称魔活（？）を始めた。

女神フェルミエーナによると、基礎魔力量と成長限界というものがあり、個人差はあれど誰もが魔力を有し、成長とともに基礎魔力量は自然と増大していくらしい。

基礎魔力量と成長限界は二重丸のような関係で、内円《基礎魔力量》が大きくなると、直径に比例して外円《成長限界》も大きくなる。

基礎魔力量は大人になるまで成長させることができるから、成人年齢の十五歳を目途に魔力量増大の訓練を済ませる必要があるらしい。

魔法の行使にあたって、女神はいくつかの安全装置を用意してあり、そのうちの一つ目が基礎魔力量（体内保有魔力量と言い換えてもいい）なのだ。

乳幼児は魔力量不足で魔法が一切使えない。

その年代の子供が癇癪《かんしゃく》起こして、無意識に魔法で大爆発を起こさせないためだ。低年齢の頃に魔力が低いのには、そういった理由がある。

魔活をしなければ、生活魔法レベル（火をつけたり水を出したり）が素養のある者は十歳前後で、ない者は成人年齢頃で使えるようになる。

この頃には自我もしっかりしているから、魔法の取り扱いに注意を払うだろうということだ。

安全装置の二つ目が女神フェルミエーナの名を呼ぶことだ。

畏敬の念を込めて女神の名を呼ぶことで、個人の体内にある（へその下あたり）魔力溜まりに干渉することができ、魔力操作や魔法の行使が可能となる。

女神を軽視する人や悪人とかそういった人たちは女神フェルミエーナの名を呼んでも魔法の行使ができなくなったりするらしい。

魔法に使う必要魔力量は増えるけど、粗暴な人だと使えても乱発できなかったりするんだって。

過保護な女神は最後にもう一つ安全装置を付けていて、それが知識だ。

無から有を生み出すのには魔力をたくさん使う傾向があり、魔法に造詣が浅い低年齢層では、【無】知ゆえに有を生み出すのにも魔力をたくさん使うことになり、とんでもない魔力量が必要になる。そこに知識や実際の物があれば魔法を生み出すのが簡単になるというものだが、もちろん魔力量が足らなければ魔法は発動しない。

魔法を行使するにはこれらの安全装置をクリアし、魔力と知識をイメージに乗せることで、持っている属性の魔法が放てるようになる。

例えば水場の近辺なら、その水を利用して水魔法はバンバン撃てるってことになる。

そして魔力量を増やす方法として、体内の魔力を操って増やす方法と、魔力溜まりに留《とど》まっている魔力を一気に使って減らし、そこから回復させることで増やす方法がある。この方法は魔力操作で増やすよりも魔力量を大幅に増やすことができるが、それでも何度も繰り返さないと上昇量を実感できるほどではない。魔力量が成長する成人前にしか使えない増やし方ってわけだ。

使えば使うほど鍛えられるとか、筋肉の成長と通ずるものがある。

愚痴九割の会話から必要な情報を抜き取るのに苦労したが、これで魔力量を増やす訓練ができる。

ただし、単純に魔法をバンバン使えば魔力量増加！　ってなるんだろうけど必要魔力量に満たない子供では、魔法が使えないジレンマが起きるのだ。

そこで魔法を発動させず、僅かでも増やす方法である魔力操作を試してみる。

まずは女神フェルミエーナの名前を呼び自分の魔力に干渉できるようにする。

「だだだだぁーたたた《女神フェルミエーナ様》！」

この世界の女神様だし、転生してくれた存在だからいつも感謝している。畏敬の念はたっぷりあるはず。

お臍《へそ》のあたりに意識を集中し、魔力を動かそうと探ってみる。

魔力らしき塊は意識できるけど、凝り固まっているのか動かし方がさっぱりわからない。聞ける相手もいないし、なんなら喋れないしね。

お腹をさすったり、くねくね動いたりしてもちっとも動かない。

睡魔に負けたり、寝返り訓練したりとなんやかんや時は過ぎて、二週間も経ったころにようやく魔力操作ができるようになった。

魔力溜まりの魔力を操作し、へそ以外の場所に移すことで疑似的に魔力の枯渇状態を作り出し、そこから回復することで魔力量が増えているはずなのだが、まるっきり実感はない。疑似枯渇じゃ増加量は少ないのかもしれない。

でも魔力を動かしまくる訓練にはなっているから、時間を見つけて続けていこうと思う。

そして、その頃には暴れん坊乳児の俺は、王宮から出されカタリナの家で暮らしていた。

まだ寝返りできてないんだぜ、もぞもぞ動いているけど寝返る詐欺状態なのに……


乳母をしているカタリナには当然赤子がいて、名前をジェレイミという男の子だ。そうじゃないと母乳が出ないしね。

俺が魔力操作をしようと「だだだだぁーたたた《女神フェルミエーナ様》！」と発声すると、呼んでいると思っているのか、つかまり立ちをしながら笑顔で近づいてくる。

「あだぁっ」

とか言いながらぺちぺちと俺を叩いてくる。赤ちゃんは力の加減ができないから意外と痛い。我慢できる痛みだけど顔はやめてね。おくるみ防具のないとこを叩かれると集中力が途切れるし。

ちっとも泣かない子の俺は、むうーっとへの字口になりながら軽くぺちぺち返しをする。

遊んでくれていると思われているのかジェレイミはますます喜び、すんごい笑顔でぺちぺち返しをしてくる鼬《いたち》ごっこになる。

つかまり立ちするくらいだから、ジェレイミは俺より一歳年上くらいかな？

体格も二回りくらい大きい気がするし。

転生前は、転生直後の「赤ちゃんプレイとかきっついなぁ」って思っていたけど、産まれてみたらあまり気にならなくなっていた。食《飲》べなきゃ死ぬしね。

体に精神年齢が多少引っ張られているのか、前世の記憶はあるけど個人情報はさっぱりなく、赤ちゃんプレイにも恥じらいはない。

だけど、おっぱいぺろんとする授乳は未《いま》だに躊躇《ちゅうちょ》するが、オムツ交換は慣れてきたのか恥ずかしいっていう感情が湧き上がらない。かなり赤ちゃんっぽく成長しているのかもしれない。

自分がどこの誰だったかは思い出せないけど、四則演算とか物理法則とか学んだことは思い出せる。しかし、どういう暮らしをしていたとか、家族構成はどうだったとかの記憶は思い出せないのだ。

転生時に女神が配慮してそうなっているのか、偶然欠けた魂が個人情報関係の記憶だった可能性もある。新生活で困らないから構わないけど。

女神の配信スペースで会話したことは、魂に記憶されているからしっかり覚えているけど、ぶっちゃけ思い出したくない。

大半愚痴だし、大事なことだけ記憶に残したい。

なので俺の赤ちゃんアピールは、おむつ交換してほしい時に「あー」とか「だー」って言いながらお腹をぽんぽん叩いている。おむつまで手が届かないんだ、すまない。

カタリナがしっかり面倒見てくれているから、ミルクを定期的に飲ませてくれているし不満はない。

あと夜泣きはしない。記憶にある限りは、だけど。

むしろ夜中に目が覚めたら嬉々《きき》として魔力操作をしている。ジェレイミの妨害も入らないし、安心安全。

その時気づいたんだけど、俺は女神フェルミエーナの名を呼ばなくても魔力操作ができる。

夜中に「だだだだぁーたたた《女神フェルミエーナ様》！」と叫ばなくよくなった、さすがにそんな声を上げたらカタリナも起きてくるだろうしね。良い影響のある変化だ。

転生間際に、女神フェルミエーナが俺の魂の崩れた部分を、女神の力で補うとか言っていた影響かな？


これは無詠唱魔術師の始まりか!?

ロマンが広がるね。


転生直後に周囲の会話が理解できたのは、この女神の力のおかげだったと今なら理解できる。

異世界言語とか言語理解なんてスキルは持ってないし、すごく助かるから女神様にはますます感謝しかない。

生まれなかったことにされたのか廃棄王子なのかはわからないけど、生まれた直後から言葉が理解できたのは状況把握ができて助かったね。一から言語を覚えなくてよかったし。口や舌が発達してないから喋ることはできないけどね。

偶然とはいえチートと言える能力を貰《もら》ったからには、女神様の神力《しんりき》を回復する活動を自分なりにできる範囲でやっていこうと思う。今の俺にできる恩返しはこの程度しかないけどね。


魔力操作の訓練とジェレイミとの攻防とか、寝返りやお座りつかまり立ち訓練をこなしながら(できるとは言ってない。ベビーベッドの上で、手足を盛んに動かす活動だ)数か月が過ぎた頃、俺の養護施設行きの日取りが決まったらしい。

その頃には俺がある程度言葉を理解していると判断したのか、カタリナもちょくちょく予定を話してくれるようになった。

生後半年を養護施設で迎えられるように出立するらしい。


意匠は豪華だが家紋の入ってない馬車に、八人の騎士、十数名の冒険者が俺の到着を待ち構えていた。

そんななか俺はカタリナに抱えられ馬車に向かっていると思いきや、カタリナはジェレイミを抱えて、俺はリリアンヌという光属性に適性のある、おそらく貴族令嬢と思われる子にゆりかごに詰め込まれて運ばれている。

さっするに俺のオムツ要員なのだろう。

灯火《ライト》に浄化《クリーン》と回復魔法が使えると説明を受けたから、万が一俺やジェレイミが体調を崩したときの回復魔法や、おもらしをしまくったときのオムツ不足を浄化《クリーン》で解消する要員なのかと推測している。

こういうところでもきちんと必要な人員を、抜かりなく手配している母親は優しい人物なのだろう。

王都周辺ではダンジョン内部以外で魔物を見ることはないが、テイムされた魔物はいる。

それが馬車を牽引《けんいん》するウォーホースだ。

軍馬という意味ではなく、魔物の名称としてのウォーホースで。王都のダンジョンで緑色の宝珠から卵が出現し、魔力を流した孵化《ふか》直後にテイムをしているそうだ。

ジェレイミも気になるのか、馬車を指さして「あきゃっ」俺も「あー」と目線を向けて、カタリナにあれは何？　をしまくって説明を聞いた。

赤子相手と馬鹿にせずカタリナは丁寧に答えてくれるから、今ではおばあちゃんの知恵袋か生き字引と化している。

軍馬のように威圧感のある佇まいで、御者がテイムしている二頭引きの馬車に乗り出発だ。

御者席に御者と騎士一名ずつ、馬車の中にも騎士一名。

他の六名は馬車の周囲を囲っていて、冒険者は半数ずつを前後に振り分けて警戒している。

馬車の中の騎士を指さし「あー」とか「うー」とかカタリナに伝えると、騎士は馬車の最後の砦《とりで》として二名が乗員しているということだった。もっと詳しくと訴えると、野営があった際の不寝番が休憩するポジションだというオチだった。


この世界の魔物は、ダンジョンが常に明るいため日中に活動し、夜はこちらから近づき攻撃しない限り被害がないらしい。

ただ夜行性の魔物や獣などもいるため、火を絶やさない程度でいいが、夜の見張りは必要になっている。

最後の見張り番になった人は馬車で休憩するというシフトを組んでいるみたい。ホワイト？　な環境だね。

すでに王都から離れているが王都はグライムといい、一部の周囲に薔薇が自生していることでローゼグライム王国となっている。

いま俺とジェレイミは、持ち上げられ車窓から薔薇の観賞をしている。

相当数が群生しており、一面に咲き乱れる様はとても美しく、枝が複雑に絡まりあって、天然の防壁になっており魔物の被害を減らす一助になっていると感じた。

生後四か月ごろ、少し早いが俺は離乳食になっていた。なぜならカタリナの母乳が止まったからだ。

なので俺の食事は、保存食のパンをあらかじめ水に浸して少し塩を振って崩した、薄味のパン粥《がゆ》っぽいものと柔らかい果物となった。

歯茎だけで食べられるものを、何とか用意してもらっている。

涙ぐましい努力をありがとう！

感謝の念に堪《た》えません。

街や村に立ち寄るたびに俺の食料を買うのに苦労を掛けるね。

ありがとうカタリナ、ついでにリリアンヌ。

多数の対魔物戦の集団に、八人の対人戦のプロフェッショナルを抱えた集団は、散発的な魔物の襲撃は受けたものの盗賊の襲撃を受けることなく、大きな被害を出すこともなく無事目的地に到着した。

「エル様、ようやく王立賢王養護施設のあるレイアム地方トーアレド地区に到着しましたね」

「おー」

「あきゃっ」

カタリナに抱えられた俺は軽く返事をし、カタリナの夫に抱えられたジェレイミもご機嫌の様子がうかがえる。

意外と神経が図太いのか、道中はジェレイミもそれほど愚図《ぐず》ることもなかった。

もちろんオムツ、ミルク、寝る、の赤子三大欲求の際には泣くけど、それは当たり前の行為だから数には入れない。

「リリアンヌも養護施設の職員として、今日からお世話になりますね」

「はいっ、カタリナさんよろしくお願いしますね」

出発前は硬い印象だったリリアンヌも、俺たちのお世話をしているうちにカタリナと打ち解けたみたいで、表情もずいぶんと柔らかくなっている。

リリアンヌは茶系で明るめの色合いをした髪で、全体的に小柄なスタイルの華奢《きゃしゃ》な印象だ。

道中は灯火《ライト》に浄化《クリーン》と何度も魔法を使ってくれていたので、俺に光属性の適性があったら魔法を試してみたいと思った。

回復魔法は見る機会がなかったので、ぜひ教えてもらいたいものです。

「では我々は代官殿に挨拶《あいさつ》し、領主館で一泊後、翌日には王都に出発します」

「おー」

ご苦労様の意味も込めて返事をする。挨拶は大事だね。

カタリナの夫を除く騎士たちは、馬車の返却も兼ねて七名が乗り込んでキッツキツだが馬車でさっさと帰路につくそうだ。

俺の体調を鑑みて、騎士なのに徒歩《かち》だったのかと思っていたが、帰りに全員馬車に乗るから騎乗してこなかったみたい。馬に乗らない冒険者の速度に合わせるという面もあったと思う。

二頭引きのウォーホースは大人が八人乗っても大丈夫なのか。

冒険者は片道契約で到着時に門のところで依頼表にサインをしていたから、今頃は報酬を貰って酒場に繰り出していることだろう。

王都への護衛の依頼を商隊から受けたり、ここにもあるダンジョンの探索をしたりと、それぞれのやり方でこれからの生活を送ると思う。


カタリナの夫は代官に就任するため、今夜は一家で過ごし翌朝の勤務で着任の挨拶をする予定で、ジェレイミを連れて宿舎に向かっている。

俺を送り届ける責任者は王妃直任のカタリナだから、リリアンヌを連れて王立賢王養護施設の施設長に挨拶へ向かう。

養護施設は教会に併設されたこぢんまりとした施設ではなくて、大貴族の屋敷を改良した立派な造りになっていた。装飾は華美ではなく、内部の調度品も質素すぎない頑丈なもので長期にわたって使えるものが選ばれているようだ。


「だだだっだだだぁーあ《これ絶対エロ大王のハーレムだよね》！」


叫ばずにはいられないのは仕方ないでしょ。

今では俺みたいな第一子の双子の片割れとか、侍女のお手付きとかを母子と共に受け入れている。

貴族の嫡男だと僅かな時間差で次期当主とその予備という大きな格差が生まれる。第一子に生まれた双子を否定するのは封建社会だからと考えると理解できる。

年齢に差があれば、努力次第で弟たちに次期当主の格の違いを見せつけることができるし、逆に年の差というアドバンテージを持つのに弟に能力で立場を脅かされたら、本人の勉強不足と見做《みな》され廃嫡となるのもやむを得ない。

俺の場合は王子という生まれで、担ぎ手次第では国が割れるから廃棄王子となるのも止《や》むなしだ。

エロ大王の時代じゃないから、王侯貴族の訳あり遺児ばかりじゃなくて、娼館《しょうかん》で生まれた父親のわからない子、魔物討伐や病気などで親が命を落とし残された子供とかも受け入れている。

王家がお金を出して運営している養護施設ではあるが、一般的な養護施設とさほど違いはないように思える。

貴族の訳あり遺児を受け入れる場合は、けっこうな寄付金が求められるらしいけど……

警備体制を整えるのに、それらの費用が使われているのだろうか？

表立っては門番くらいしか見かけないから、陰ながら、ということになるけど。

そんな考察をしつつカタリナに抱えられて執務室っぽい扉を叩くと、くぐもったバリトンボイスで「どうぞ」と返事が返ってきた。

「失礼します」

「ようこそいらっしゃいました、王立賢王養護施設の施設長ノーマンレイです」

「あー」

一応俺も挨拶をしておく。

「王妃様より御下命を受け、エル様をお届に参りましたカタリナと申します。そしてこちらは施設職員として住み込みで働くリリアンヌです」

「よろしくお願いします」

カタリナに続いてリリアンヌも挨拶をする。

「リリアンヌは光属性と聞いております。当施設で働くことは良い選択だと思いますよ」

やさしい声音で施設長が返す。


保有魔力量の関係から回復魔法まで到達している光属性持ちは少なく、特に市井ではあまり見かけない。せいぜい医療関係施設に勤める人たちくらいだ。

そのため、女神神殿を拠点にする聖フェルミエーナ皇国では回復魔法使いをお金稼ぎに使っており、権威を高めるために光属性持ちをあの手この手で勧誘し、ひどい場合では誘拐沙汰にもなったりする。

王侯貴族には回復魔法を使える人材も多く、国威と権力で皇国の勧誘を跳ね返しているから安心なのだが、低位貴族の子や婚外子までは守り切れず、問題になることが多々ある。

女神の恩恵を授かるため教会の力を借りる機会が多く、生活に欠かせない面もあるため、勧誘を拒否しづらいのだ。

「カタリナさんは通いになるのですよね？　お三方をお部屋に案内致します」

と告げると、お仕着せを着た施設職員を呼び、この人もカタリナみたいに訳あり遺児の監視役かなぁ？　と思いつつ、俺の部屋まで案内してもらった。

エロ大王の子種がそこらじゅうにまき散らされた流れで、訳あり遺児たちを他の貴族が養子にしてお家乗っ取りとか企《たくら》んだりしないように、この養護施設でひとまとめにして監視するのは最初の就職か婚姻までらしい。

俺の場合は女神の使徒的な活動を鑑みると、自由な立場である冒険者になるつもりだから、冒険者登録したら監視役のカタリナもお役御免だろう。

あくまで俺は冒険者のエルであって、王家に生まれた人物ではない。という感じで言い訳の立つところまで追跡できれば十分でしょ。

女神フェルミエーナside

私の作った世界、ヘイムラムは良い世界よね。

世界を魔力で満たし、大地には神力《しんりき》も合わせてたっぷりと注いであるから、作物がよく育つ環境で生活しやすい世界ね。雑草もよく育つけどっ。

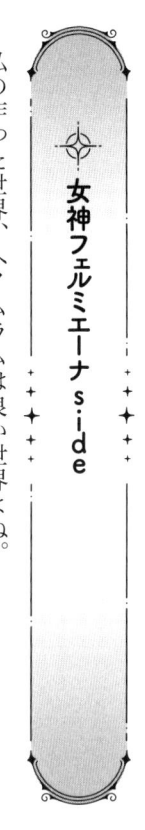

それがあるとき、お友達の混沌神《こんとんしん》が世界中にばらまいたダンジョンの種が、大地の神力《しんりき》を吸収し芽吹き、世界に漂う魔力で維持成長していた。

突如現れたダンジョンと人々の命を蝕《むしば》む魔物氾濫《スタンピード》。

私の世界の人たちを守るために、避難場所として女神神殿に障壁を生み出し、それを維持するのに神力《しんりき》を常に使う羽目になったわ。

もちろん私はお友達の混沌神に文句は言ったわ。

「あのダンジョンって何なのよ！　世界中にできたから各地で人々が魔物に襲われているわ！」

「…ダンジョンは試練と資源なのよ。人類の成長にも役立つわよ」

お友達とはいえ世界を滅茶苦茶にされ、私は怒りに任せて声を荒らげる。

それを眠そうな目で見つめる混沌神はダンジョンは良いものだと、人々の被害を顧みることなく、事もなげに言い放つ。

「それだけじゃ納得できないわよ！　どうして突然あんなのができたのよ！」

「…少し前にダンジョンの種を蒔《ま》いたわ。でもそれは時間差で少しずつダンジョンができる予定だったの。魔力などの力を吸収し育ち維持はするけど、急成長したのは――……もしかして世界に神力《しんりき》を放出した？」

「えッ!?　……ええ」

「…世界中で魔物氾濫《スタンピード》が起きたのは、そのせいね」

神力《しんりき》が原因だったと聞いて、目を丸くし固まる私。

ヘイムラムに暮らす人々が困らないよう、作物の成長を促進する効果を期待して神力《しんりき》を大地に流していたのが悪手であり、今回の騒動の要因となったらしい。

「…死んだ人はどうにもならないけど、ダンジョンを探索すれば傷を治すポーションや、欠損治療ができ病気も治せる万能薬のエリクサーも出るから、人々の救済になるはずよ」

「それじゃあ、死んだ人たちも……？」

「…神様じゃあるまいし、死んだ人を生き返らせることなんてできないよ」

あなたが神よ！　私もだけど。

内心突っ込みを入れるも、今はそれどころではない。確認したいことは山ほどあった。

「私たちが神様よ！」

やっぱり思わず言ってしまったわ。

「…ポーションやエリクサーが出るのはダンジョンよ、間違っても神からじゃないわ」

「そ、そうよね……」

人々のために何かできないかと考えていたところ、混沌神ちゃんの台詞《せりふ》に一縷《いちる》の望みは断たれ、想像以上に落胆の色が隠せない。

地上の人々はこの悲劇を乗り越えて、新しい生活を築いてもらうほかない。

「…ふわぁ〜…あふ、それじゃあ眠くなってきたから、そろそろ帰って一万年ほど寝るよ。これダンジョンの説明」

混沌神ちゃんが渡してきた一枚の紙には、ダンジョンの仕様が簡単に記されていた。
・周囲の力を吸収し力が満ちると芽吹く。
・ダンジョンは人を呼び込むために、魔物氾濫《スタンピード》で位置を知らせる。
・内部に存在する魔物や木の実は食材として、樹木などは薪《まき》として活用でき、一定期間で補充、復元される。
・特定の魔物が出現したまま放置すると、魔物氾濫《スタンピード》を起こす。
・最深部にあるダンジョンコアは何かに擬態し潜み、力が満ちると眷属《けんぞく》になる。
それを渡すと混沌神は、そそくさと自分の神域に帰り、休眠期という深い眠りについたのだった。

「こんな大事なものは、ダンジョンの種を蒔いたときに渡してよー!!」

天を仰いでの虚《むな》しい叫びが女神の神域に響き渡った。


僅《わず》かに残った神力《しんりき》で地上の人々に神託を降ろす。

「ダンジョンが一気に生まれたのは私のせいなの。でも、探索すれば治療薬や魔道具など、便利なものがたくさん取れるわ。生きるためにも魔物と戦い試練に打ち勝ち、ダンジョンを活用してほしいわ。人々の繁栄と幸福を願っています」

そう伝えたかったが神力《しんりき》不足もあり、地上に送ったときには一部が伝わらず、満足のいく結果を得られなかった。

「ダンジョン――――生まれた――私のせい――。でも、探索――――治療薬や魔道具など、――――たくさん――――。――――魔物と戦い――――勝ち、――――を活用……」

「……女神様の神託？」

神力《しんりき》の不足した状態で降ろされた神託。【女神のご褒美】で【神託】を発現したリーダー的存在が受信できた内容は、とぎれとぎれにしか聞こえず、【女神のせい】であることと【治療薬】と【たくさん】のワードをつなげることでダンジョンに治療薬が大量にあると勘違いし、それを女神神殿に避難している人たちに伝えたことでダンジョンに希望を見出《みいだ》し、誰もがダンジョンに挑み始めることになるのだった。

そして生活圏を魔物に奪われた状態での探索は、あらゆる面で困難を極め、準備不足が祟《たた》り多くの人々が怪我《けが》を負い命を失いダンジョンに飲み込まれていった。

女神フェルミエーナのせいで数多くの同胞たちを失ったと考えている人々は、魔物の襲撃による恐怖と悲しみに苛《さいな》まれ、いつしか女神フェルミエーナを敬う気持ちが消失していた。

それにより女神フェルミエーナは神力《しんりき》を回復する術《すべ》を失い、世界的な魔物氾濫《スタンピード》以降、神託を降ろす力すら失ってしまった。

女神フェルミエーナを敬う人々は、世界で唯一ダンジョンが存在しないヒノミコ国の人々だけになった。

神託を受けることのできた最初のリーダーは【ヒノミコ】と呼ばれ、その名から国名がヒノミコ国となった。現在ではその子孫が国の象徴として存在しており、連綿と続いてきた国家を運営し国民からも支持を得ていた。

神託が一切降りなくなったことで信仰心は徐々に薄れるも、ヒノミコ国では女神フェルミエーナ信仰は根強く残り、月に一度ミカンや煎餅などの簡単なものが女神神殿に奉納されている。

「そのおかげでミカンとお煎餅だけは時々食べられるのよね」


そんな中、神域に迷い込んだ今にも消えそうな異世界の魂。

気まぐれに助けてみると、私のために働いてくれると約束した。

気を良くして使徒にしますと伝えるも、神力《しんりき》の乏しい状態では魂を補う程度しかできず、助力をすることなく地上へと送った。

そのことは直近の出来事として記憶に残り、日常を観察するのが楽しみになっている。何せ、僅かでも私の力が同居している魂なんて他にはないから、探しやすいという理由もある。

「今日のあの子はどうしているかなぁ？」

神域から地上を見るのに神力《しんりき》はほとんど必要ない。そうでなければ、いざというときに地上の様子が把握できずに女神の活動に支障をきたすこともあるからだ。

見つけた彼は生まれてはいるものの、まだ乳児でこれといった活動もできない。

「人間の成長は速いけど、あんなにちっちゃくて可愛《かわい》らしい状態では何もできないわね。何やらわちゃわちゃ動いているけど……。早く大きく育って、使徒としての活動をしてくれるのを期待しているわ」

そう言い残して、地上の様子を映し出している配信スペースの壁が、元の白い壁に戻るのを見届けた。

僅かな時間しかエルの姿を確認していない女神は、リーダー的存在の子供として生まれるように調整していたエルが、正反対の環境である養護施設の一室に寝かされていることに、全く気づく様子を見せなかった。

一話　回復の兆し

赤子のように付きっきりの世話が必要なくなった頃、舌っ足らずの口調でようやく会話ができるようになった。

大人が話す言葉は理解できても、肉体的な成長が見られないと口が追いつかないというか、上手《うま》く喋《しゃべ》れない。

初めに単語を話すようになり、それが二語文、三語文と会話らしくなってくると、ようやく意思疎通ができるようになった。

その頃には離乳食から普通の食事に近いものが食べられるようになり、養護施設の食堂で皆と同じテーブルにつくようになる。

「みなさん、日々の糧に感謝して食べましょう」

「「「はーい！」」」

一同に声を合わせた子供たちが無邪気にパンを掴《つか》み食事を始める風景を見て、そういえば決まった食前の台詞《せりふ》ってないな。ふとそんなことに気がついた。

施設長の号令で皆が一斉に食事を始める中、俺だけは違う挨拶《あいさつ》をする。

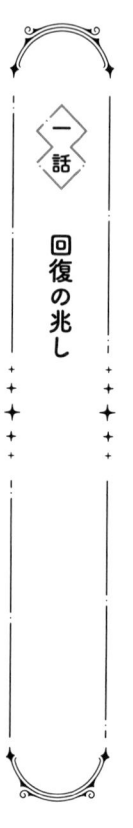

「女神フェルミエーナ様　ありがとう　いただきます」

それなりに喋れるようになった三語文を駆使し、女神様に感謝の気持ちを込めて祈り、前世の知識にあった「いただきます」の単語を付け加える。

本来なら「天にましますわれらが女神フェルミエーナ様よ、感謝の祈りを捧《ささ》げます、いただきます」とお祈りらしくしたいのだけど、この体の成長具合で話せる言葉はそれが限界だ。

食事の度に「いただきます」と「ごちそうさま」のついでにお祈りをすれば、確実に一日四回のお祈りになる。

この養護施設では朝夕の二回しか食事は出ない。

働きに出る年になったら、自分でお昼ご飯を調達する仕組みだ。

幼児体型の俺に、今できうる女神様に感謝を伝えられる精一杯かな。

それから一年が過ぎ、言葉を巧みに操れるようになると、食前食後の祈りも実にスムーズに口に出せるようになった。

「女神フェルミエーナ様ありがとう、いただきます」

小さな手を胸の前で組み、俺一人だけみんなと違い食前の祈りをする。

毎日やっているとその行動が気になるのか、一人の男の子が声をかけてきた。

「ねえ、さっきいってたの、なあに？」

声が聞こえた方を見ると、他の子たちより身体が二回りほど大きく、赤い髪が特徴的な男の子が興味深そうに俺を見ていた。年上の子かな？

「さっきのは、ご飯を食べる前に女神様に感謝を込めてお祈りして、食べ物を作った人や取ってきた人にも感謝する言葉だよ」

「う～ん、難しい。でもさっきは、そんなむずかしいこと、いってないよね？」

首を傾《かし》げる男の子には理解できなかったようで、不思議そうな目で俺を見ている。

「さっきいったのは、【女神フェルミエーナ様ありがとう、いただきます】っていったんだよ」

「女神フェルミエーナ様ありがとう、いただきます？」

「そうそう」

「女神フェルミエーナ様ありがとう、いただきます！」

「女神フェルミエーナ様ありがとう！　いただきます！」

新しい言葉を覚えたのが嬉しいのか、上機嫌な様子で食前の祈りを一人で連呼していた。同じ言葉を繰り返すことで遊んでいる気分になるのか、ますます興奮し始めている。

「そんな風に連呼するんじゃなくて――」

「れんこ～？　れんこってなあに？」

またもや首を傾げる男の子。

好奇心旺盛なのか、言葉の意味を知りたくて、子供らしく質問してくる。

「連呼は、さっきみたいに、おんなじ言葉を何度もくりかえすことをいうよ」

「そうなんだあ～」

先ほどまでの燥《はしゃ》いだ様子は鳴りを潜め、感銘を受けたかのようにくりっとした目をさらに押し広げていた。

「女神様に感謝の気持ちを込めて祈るんだよ」

そう説明すると、またもや首を傾げて不思議そうな顔をする男の子。

「めがみさまってなあに？　かんしゃってなあに？」


知らずに連呼していたのかっ。


いくつか質問に答えていたら、何でも教えてくれる相手だと思ったのか、子供らしさ全開で矢継ぎ早に質問してくる。

子供がよくやる、あれ何、これ何、何でどうしての嵐が降り注ぐ。言い方はいろいろあるが、所謂《いわゆる》【なぜなに期】だ。

それらの質問に一つ一つ丁寧に答えると、食前のお祈りを覚えたようで、俺と一緒に赤い髪の男の子も「いただきます」を言うようになった。

質問する方は嬉しそうに話すが、答える方はかみ砕いて説明しなくてはならず、一つの疑問に答えて理解させるだけでも大仕事だ。

　こうして実体験をすると、子育てをする親には感謝しかないね。ここでは施設職員だけど。

　ちなみに、女神様へ感謝を伝える意義は教えたけど、面倒になって「いただきます」の意味合いまでは説明してない。小さな子に理解させるのは、本当に大変なんだ……

　お祈りのことを教え終わった頃合いに「あっちでみんなと遊ぼう！」とタイミング良く切り出し、「うん！　行こう！」と気を逸《そ》らしたのは言うまでもない。


　それ以降、俺たちは食堂で並んで座るのが定番となり、俺と赤髪の男の子と二人が「いただきます」をするようになってから一か月ほど経《た》つと、今度は俺が「ごちそうさま」をしているのに気づき、またもや赤髪の男の子の質問タイムが始まった。

　俺にとっては恐怖の時間だったがその疑問に丁寧に答えていると、気づいたら赤髪の男の子の隣に茶髪の女の子が並んで座っていることに気がついた。赤髪の男の子がデカいから陰に隠れて気づけなかった。

　体格が俺と同じくらいだから、同い年の子かな？

　そんな感想を抱きながら、一か月前と似たようなやり取りを再度繰り返した。好奇心を抱きながら、茶髪の女の子も熱心に聞き入っていた。

　翌日から赤髪の男の子が俺の隣に座り、さらにその向こうに茶髪の女の子が座り、三人並んで

「いただきます」と「ごちそうさま」を唱和するようになる。

子供たちに交ざって赤髪の男の子と遊んでいるときに、茶髪の女の子が交ざっているのを知り、食事時以外でもいつも三人で行動していたことを知る。

養護施設には乳児もいるので、食事の時間帯に施設職員はそちらに掛かりきりになる。だから、自分のことは自分でやるように教育されほとんど放置される食事風景だが、三人並んだ子供が不思議なことをやっていると、さすがに養護職員も気になり始める。

「フィールズくん、それは何をやっているのかしら？」

「ごちそうさま？」

「そうそれ、あっちのお部屋で教えてくれる？」

「わかったー！」

施設職員は一番体格の大きいフィールズに声をかけ、別室へと連れ去っていった。

「フィールズ連れてかれちゃった……」

いつも二人一緒にいるようで、こうして離ればなれになると茶髪の女の子は寂しそうな表情を浮かべ、涙で瞳を潤ませる。この子はフィールズの名前を知っていたのか……

いただきますを聞かれた当初は、フィールズも舌足らずな喋りで自分の名前を理解しているか不安だったから聞かなかったけど、それ以降、ずっと行動を共にするようになったから名前を聞くと、赤髪の男の子がフィールズで、体格はかなり大きいが驚くことに同い年だった。

もう一人の茶髪の女の子に名前を聞くとメイリアと言い、体格は俺と同じくらいでこちらも同い年だった。寝るとき以外は男の子の遊びの時でも隣にいることから、メイリアはフィールズのことが気になっている様子がうかがえる。

女の子はこんな低年齢から異性のことが気になるのだろうか？

名前を知ったことで、二人のことを仲の良い友達と意識するようになった。

そんなことを考えていると、施設職員がフィールズの手を引き戻ってきた。

「今度はエルくんが来てくれるかしら？」

「はーい」

子供らしさを意識して元気よく返事をすると、俺の手を引き別室へと移動を始めた。

一番体格が大きいからフィールズを呼んだのだろうけど、恐らく説明不足だったのだろう。誰かから聞いて始めたのかと問われれば俺と答えるだろうから、俺が呼ばれるのは至極当然。

連れていかれた先は施設職員の休憩部屋、つまりは職員室。

子供の面倒を見るのは大変だからこそ、施設職員にも休憩する時間は必要になる。職員室は落ち着いて休める場所として設けられており、緊急時以外子供たちは立ち入り禁止となっている部屋だ。

施設長の部屋はまた別に存在するが、今は俺の手を引く施設職員との対話が重要だ。

「エルくん、フィールズくんに聞きましたけど、【ごちそうさま】と食べる前にも何か言っているわね？」

「食べる前に【女神フェルミエーナ様ありがとう、いただきます】と感謝し、食べ終わったときに【女神フェルミエーナ様ありがとう、ごちそうさま】と、お祈りしています」

「そこまではフィールズくんに聞いたわ。どうしてそんなことを始めたのかしら？」

どうやら俺たちの不可解な行動の理由が知りたいようだ。

「俺たちがこうして生きていけるのは、女神フェルミエーナ様のおかげでもあります」

「ええ、そうよね」

「それと作物を作る農家さんや収穫物を運ぶ商人さん、お肉を取ってくる冒険者や狩人さん、農機具や武具を作る鍛冶《かじ》屋さんなどのいろんな人が関わって食卓に運ばれてきます。あ、料理を作る料理人さんもいますね」

「え、ええ」

幼児らしからぬ発言に、施設職員が若干引いている気がする。

変な子供と思われたとしても、食前食後の祈りを理解してもらう方が優先だ。

「さらに、動物や植物の命を糧にすることから、食材や関わった人々に感謝をして、残さず食べましょうという意味を込めて【いただきます】と言っています」

「そ、そんな壮大な思いが込められていたのね」

若干どころかドン引き状態の施設職員。

額に冷や汗が流れているのが幻視できる。流れてないけど。

「女神フェルミエーナ様は唯一神ですから！」

と強く主張する。

「わ、わかったわ。十分参考になりました、もう結構ですよ」

施設職員にも女神フェルミエーナ様を推したけど、俺の説明の衝撃が強すぎて、ちっとも響いてなさそうだ。

女神フェルミエーナ様のために、食前食後のお祈りを広めようとした活動は失敗したかな？

肩を落とし俯《うつむ》きながら、職員室を後にした。


エルの去った職員室で、施設職員が雁首《がんくび》を揃《そろ》えて緊急会議を始めていた。

「さっきの子、まだ小さい子よねぇ？」

「ええ、女神カードを貰《もら》える年じゃないわ。五歳未満ね」

「そんな小さな子が、あんなにはっきりと意見を言うものかしら？」

「今はその子のことはひとまず忘れましょう、それよりも【いただきます】と【ごちそうさま】の話が重要よ」

「そうよね、ごめんなさい」

「皆さん興奮しすぎですわ、一旦《いったん》お茶にしましょう」

「そうですね、お茶の準備をしてきます」

一人の施設職員が部屋の外に出て、お茶の準備をして戻り、テーブルの端で木製のコップにお茶を注いでいる。

各自にお茶が行き渡り、会議の体裁が整う。

「それでは、女神フェルミエーナ様ありがとう、いただきますを前半と後半に分けて考えてみましょう」

『女神フェルミエーナ様ありがとう』と『いただきます』は、分けて考えるのね」

「ええ、そうでもしないと収拾がつかないと思いませんか？」

「そうよね、前半からがいいわね」

一拍空いたとき、誰かがズズッとお茶をすする音が耳に届き、不意を突くその音が、静かな空間の緊張感を解《ほぐ》すかのように、会議に臨む施設職員の感情を弛緩《しかん》させていた。

「コホン、それでは前半部分について意見のある方はどうぞ」

「女神様に感謝の祈りを捧げるのは、良い行いかと思います」

「そうですわね、今までなかったことですし、新しい試みとして子供たちの教育にも良いと思いますわ」

それらの意見を皮切りに、施設職員から賛同を得られる意見が寄せられた。

「採決します、皆さん賛成される方は挙手をお願いします」

次々に手が上がり、満場一致で可決された。

「前半部分については採用致しましょう、皆さんよろしいですね」

珍しく休憩室にいた施設職員の意見が一致した瞬間だった。


なんとなく司会役に収まった年嵩《としかさ》の施設職員は、少しの間を置き次の議題を切り出した。

「続いて【いただきます】と【ごちそうさま】についてはいかがですか？」

「食べ物を粗末にしない教えというのは良いと思います。どうしても幼い子は、食べ物で遊んでしまいがちですから」

「命をいただくという点で、食べ物に感謝の気持ちが自然と湧いてきそうで良さそうです」

「一つの食べ物にも、様々な人の手がかけられ届けられているのがよく考えられていると思います。食べ物を通じていろいろな職業があると理解すれば、養護施設を離れる年齢に近い子たちが、新たな仕事に目を向ける切っ掛けになるかもしれません」

またもや賛成意見が多数寄せられ、後半部分も採用されそうになる頃、なんとなく仕切っていた施設職員が口を開いた。

「賛成多数ですが、反対意見はありますか？」

「あ……、あの……」

「何かしら、意見があればどうぞ」

「は、はい。内容が難しくて、子供たちには理解が難しいかと……」

引っ込み思案な性格なのか周囲をうかがうように首を窄《すぼ》め、だが、意見はしっかりと話したが、声の大きさはかなり控えめな施設職員だった。

「そうですね、実際難しいと思います。ですが、わたしは構わないと思いますよ」

「幼児であれば、【女神様への祈り】と【いただきます】が習慣化するだけで十分だと思います」

「難しいお話は理解できる年齢になってから、改めて説明すればいいですわね」

反対意見については時間が解決する問題とされ、施設職員の中では概《おおむ》ね全会一致での採用となった。

難しい議題を乗り越えた施設職員一人一人の顔にも、満足そうな笑顔が浮かんでいた。

「わたしはノーマンレイ施設長の承認を得に行って参りますわ」

一人の施設職員は、施設長室を目指して部屋を出ていった。


「カタリナ、あなたは手を上げただけで、賛成も反対も意見を出しませんでしたね」

「ええ、エルの乳母《うば》をしていましたので、どうしても同情的な意見になります。わたしには初めから賛成の意見しかなかったのですよ」

乳母として乳をあげていた子供が、大人顔負けの立派な提案をしたことで、我が子のように誇らしげな表情を向けている。

有意義な時間を過ごしたと満足そうにしていた施設職員も、子供たちが食事の最中だったことを思い出し、食器の片付けや掃除などの子供たちの世話が待っているため、慌てて職員室を飛び出していった。

説明しに行った施設職員の発表が良かったのか施設長の承認が得られ、養護施設内では毎食ごとに食前食後の祈りが唱和されることが決定した。

もちろん言葉の説明を受けたのは年齢の高い子供たちだけで、幼児たちは年上の子たちの仕草を真似ることで、ゆっくりと広める方針だ。

職員室にエルが連れてかれてから一週間以上経過した頃、何やら食事の風景が変わったと肌で感じるようになった。

施設を出る年齢に近い世代がいつの間にか、恥ずかしがりながらも食前食後のお祈りを唱和していた。

小さな子は、身近にいる年上の子の真似をすぐするようになる。

その習性（？）を利用して、お祈りは養護施設内に一気に広まっていた。

（俺が個人的にフィールズとメイリアに食前食後の祈りを教えた。個人で活動していたら影響範囲が狭いけど、大人に影響を与えればたくさんの人に広めることができる！）

今回の出来事で食前食後の祈りは、エルが女神フェルミエーナ様の神力《しんりき》の回復を目指す手段として気づく切っ掛けとなった出来事である。

（そういう立場に生まれる前提だったけど、養護施設に送られてしまったから、自分自身で立場を作るしかない。女神様の使徒という役割もあるから、安易に人の下に付くわけにはいかないけど、それなりの立場を目指すか権力者と仲良くなるか、何かしらの方策を考えよう）

女神フェルミエーナside

神力《しんりき》不足により相変わらず殺風景な配信スペースのような神域で生活する女神フェルミエーナは、近頃不思議と少しばかり身体の調子が良くなったと実感していた。

人類は女神フェルミエーナが生み出した存在とはいえ、彼らがいなければ神力《しんりき》の補充も儘《まま》ならない。

女神に対する人々の尊敬や敬意そして信仰を集めることで祈りとなり、神としての存在が増し神《しん》力《りき》が補完される。

世界規模の魔物氾濫《スタンピード》の発生以降、人々の信仰を失い神力《しんりき》を減らしつつある女神にとって、神力《しんりき》が補充されると体調にも影響を及ぼす。

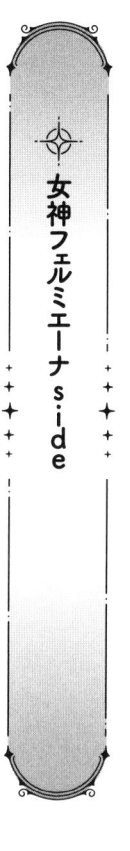

逆にいえば、神力《しんりき》が減れば女神としての力をふるうことができず、さらには体調も著しく悪くなる。それは人間が魔力枯渇に陥った状態に似通っている。

かといって女神という存在が簡単に消滅するはずもなく、苦しい状態が永遠に続くという事態に陥って、見た目は若く美しい女性であるにもかかわらず中身はお婆《ばあ》ちゃんということになるのだ。

だからこそ神託を降ろし人々を導くと共に、女神フェルミエーナを信仰するように誘導していた。

その信仰心に影が落ち神力《しんりき》を落とした女神フェルミエーナは、神域を極限まで小さくし、維持に必要な神力《しんりき》をでき得る限り抑えていた。

その神力《しんりき》が僅《わず》かであっても改善されているということは、地上に何かが起きている証《あかし》と言える。

「そういえば転生者君も少しは成長しているんじゃないかしら、様子を見てみましょう」

そう口にした女神は、いそいそと地上を映し出す画面の前へと移動する。

「どれくらい成長したのかしら？」

軽い緊張と興奮を覚えながら画面を映し出す女神フェルミエーナ。

その他大勢の人間と違い、転生者の魂は女神フェルミエーナの神力《しんりき》の一端を使い補強されている。

それを探せば転生者君の所在はすぐに見つかる。

「いたいた、ここは食堂よね、転生者君と同じ年頃の小さな子がいっぱいいるわ。でもへんね、王族の食卓ってこんな感じだったかしら？」

不思議そうに首をひねる女神フェルミエーナ。

「以前転生させた賢王君と同じ家なのに、おかしいわね。子だくさんの彼の子供たちの食事風景ならあり得そうだけど……」

不審に思いつつも転生者君が食事を始める姿を見つめる。

『女神フェルミエーナ様ありがとう、いただきます』

『『『女神フェルミエーナ様ありがとう、いただきます』』』

食事を始める前に全員が胸の前で両手を握り、施設長の号令と共に子供たちが食前の祈りを捧《ささ》げる。

その祈りが女神フェルミエーナに届き、ごく僅かではあるが神力《しんりき》が戻るのをはっきりと感じ取れた。

普段は煎餅を齧《かじ》ってダラダラしていて神力《しんりき》に意識を割いていなかったせいで、僅かな変化に気づけなかったのだろう。

「他の地域でこんな祈りの作法はないし、やっぱり転生者君が仕掛けたことよね……？」

見るからに幼児といった風体の転生者が、まさか神力《しんりき》を回復させるような祈りを広めているとは思いもよらなかった。そうなったらいいと思って使徒と言っていたが、前もって自由に暮らしていいと伝えた通り、それほど期待はしていなかったのだ。

それが思いもよらない成果を上げているとは……

「えっ？　ちょっと待って、転生者君はこの国の王妃から生まれるようにしたわよね？！　ここお城じゃないわ！！」

どういった経緯で城を追い出されたのか、画面に映し出された映像を操作し転生者君の過去を調べ始める。

「こんなことになるなんて予想外だわ……」

転生者君が王立賢王養護施設に送られた経緯を知り、さらに使徒としての成果を上げたことで、女神フェルミエーナの中で転生者君の価値が跳ね上がった。

「でも転生者君の活動はしっかり注目した方がよさそうね。彼の名前はエルくんっていうのね。覚えておきましょう」

エルの過去をたどり名前を覚えたあと画面を現在に戻すと、子供たちは食事を終えていた。

『女神フェルミエーナ様ありがとう、ごちそうさま』

『『女神フェルミエーナ様ありがとう、ごちそうさま』』

食後の祈りを受け、再び神力《しんりき》が注がれるのを感じる女神フェルミエーナ。

だが、若干最初より注がれる神力《しんりき》が下がっている。食後の祈りには、心が籠《こも》ってない人間が何名かいるようだ。手抜き、よくない。

「はあっ、また神力《しんりき》が回復しているわ！　食事の度に神力《しんりき》が回復するなんて素晴らしい発見よ！もっと広めてほしいわ！」

食前食後の祈りを知った女神フェルミエーナは、興奮冷めやらぬ様子でエルを賞賛していた。

その反面、何の力も持たせていないエルを使徒に任命したことを申し訳なく思い、予定していた【指導できる立場】から外れたエルを悲しく思うも、何かあれば手助けをしようと心に決めた女神フェルミエーナであった。

二話　冒険者とハンバーグ

王立賢王養護施設はローゼグライム王国でも北東にあり、レイアム地方トーアレド地区に位置する。

周囲を山林に囲まれており、西側にしか開けた街道はない。

そんな養護施設は賢王統治時代に、ハーレム要員を暗殺や誘拐から守るのに適した立地となっていたが、今は訳あり児童なんかを匿《かくま》う施設も兼ねている。

「エルー、そろそろ教会に行く時間だよね。ボク楽しみで仕方ないよ」

「わたしも楽しみ」

こいつらは赤髪のフィールズと茶髪のメイリア、いつも二人でいることが多く、俺と同い年で将来は冒険者を志望している。慣れるまで一緒に活動しようと約束もしている友人たちだ。

「俺も女神カード貰《もら》うの楽しみだ」

女神カードというのは五歳を迎えたら各個人に配布されるもので、女神フェルミエーナの神力《しんりき》で作り出されている。

女神神殿の奥に五十センチくらいの正方形の箱があり、その中が女神の神域とつながっており、人類誕生当初はその箱を介して様々な支援を受けていたようだ。

その一つが女神カードで、血液を垂らすことで個人を登録し、プロフィールや魔力の適性が表示され証明書として利用できる。

もちろん強制表示の部分もあるが、見せなくてもいい部分は非表示にすることも可能だ。

便利でマジカルなアイテムだ。


王立賢王養護施設では誕生月のわからない子もいるから、前年に五歳を迎えた子が新年の一月に全員で女神教会に行くことになっている。

ちなみに六日が一週間で五週で一か月、十二か月で一年となる。


「エルはどんな魔法属性だったらいい?」

「俺は攻撃と防御に使える属性が欲しいな、欲を言えば回復魔法も欲しいけど……」

「光属性は滅多に発現しないんでしょ?」

フィールズと俺の会話にメイリアも参加する。

「攻撃魔法っていったら、やっぱり属性は火がいいの?」

「いや属性は何でもいい、どうにか工夫して使えばいいし」

「水属性も便利だよ。飲み水に困らないし冒険するのにはいいんじゃない? 火属性の適性は発現しなくなるけどね」

魔法が使えることに期待して、フィールズが楽しそうに答えていた。

属性には七種類あって、火と水、風と土、光と闇は反発する属性と考えられ、どちらか一方しか発現しない、レアケースだが反発する属性を発現した場合、どちらかが片方ほど上手《うま》く使えなかったり、どちらも弱い魔法になったりする。

七つ目は無属性で、魔力量を増やすと【女神のご褒美】が付与され、その中にその個人しか使えない特殊な魔法が貰えたりする。使い方を説明しても、他人では魔法の発動はしない。大半は微妙な効果の特性が付与されるから、それほど意識しなくてもいいらしい。

適性は完全ランダムではなく、魔力量に左右されるし、ある程度遺伝の影響はある。

なので王侯貴族は魔力量の多い嫁を探し、家の魔力量維持に余念がない。この世界で一夫多妻が認められていたり愛人を作ったりする理由だ。

個人の保有魔力量は女神カードのご褒美の欄ではっきりとわかるから、知られたくない者はひとつずつ非表示とすることができる。

「考えていても仕方がないよ、なるようにしかならないんだし、カード見てから悩もうよ」

そうこう駄弁《だべ》っているうちに、大通りに面した一等地にある女神教会にたどり着いた。

女神神殿は敷地全体が半透明のドームに覆われており、これは魔物対策の障壁となり魔物が街に入り込んだときの避難所となる。

平時から使う必要はない気がするけど、女神も常に地上を監視しているわけじゃないから、常時展開は仕方のないことのようだ。

「こんにちは女神フェルミエーナ神殿へようこそ。どのようなご用でしょうか」

シスターが初めて見る子供たちに丁寧に挨拶《あいさつ》する。

「ボクたち五歳になったから女神カードを貰いに来ました」

「王立賢王養護施設から来ました」

フィールズが目的を伝えメイリアが補足する。

二人はいつも一緒だし、阿吽《あうん》の呼吸で夫婦みたい。

教会も養護施設も大通りに面しているから、子供たちだけでも安心できる治安なのだ。一応カタリナが付き添っているけど自発性を促す方針のようで見守っている。

「礼拝堂でお待ちください、カードをお持ちします」

シスターに促され中に入ると、二列に並べられたベンチシートが奥まで続き、奥の壁には女神フェルミエーナ様の女神像が据え付けられている。

天井にはステンドグラスがはめ込まれ、天窓のように明かり取りとなっていた。

女神の神力《しんりき》が潤沢な時代に作られた神殿だけあって、壁や柱に細かな細工が施され荘厳な雰囲気が感じられた。


あと女神像の胸は盛ってあった……

「お待たせしました」

トレイにカードと針をのせたシスターが戻ってきた。

「こちらのカードに血液を垂らしてくださいね」

フィールズが早速血液を垂らしていたが、その針をそのまま使いまわすのだろうかと不安に思っていたら、シスターが「浄化《クリーン》」と呟《つぶや》き針を洗浄していた。

さすが光属性持ちを集める教会だけはあるね。

次にメイリアがカードを受け取り、最後に俺もカードに血液を垂らした。


手元を見ると、カードの右側三分の一ほどにエリザリアーナ王妃に似た俺の似顔絵が浮かび、左詰めで上から「名前：エル」「年齢：五」「職業：遺児」「所属：王立賢王養護施設」「登録地：トーアレド」と書かれていた。

「数か月ごとに自動で更新されるし、表面は本人確認用だから変更できないけど、属性の書いてある裏面は、本人が非表示と思いながら指でなぞると消せるからね」

優しく微笑《ほほえ》みながら丁寧に説明するシスター。

裏面を見ると左半分に「父親：ガリウス・フォン・ローゼグライム」「母親：エリザリアーナ・フォン・ローゼグライム」「保護責任者：ノーマンレイ」「属性：水土光」右半分に「女神のご褒美：美肌（顔）」と書かれていた。

女神のご褒美は魔力量の増加とともにいくつか貰えるみたいで、空欄も大きくとってある。

美肌だとニキビを気にしなくてもよくなるのかな？

それともニキビ跡が目立たなくなるとか？

気にはなるけどまだ五歳だから実感が湧かないや。

「両親が亡くなっている場合、親の項目は表示されなくて、代わりに保護責任者の名前が表示されるからね」

子供たちは自分のカードに目を向けており、シスターはフィールズの手元を凝視していた。

俺のは見られてないよね？　セーフだよね!?

速攻で両親の名前を項目ごと非表示にした。あとついでに光属性も。

フィールズもシスターも裏面を凝視するように見ていたけど、なんだったんだろう？


ここの神殿は賢王時代に聖フェルミエーナ皇国の手勢を排除したから、皇国の息はかかってないらしいけど、研修の名目などで間者が入り込んだりしている可能性は捨てきれないから、あのシスターには警戒を強める。

「「「ありがとうございました！」」」

「どういたしまして。初回は無料だけど再発行はお金がかかるからなくさないようにしてね」

シスターにお礼を言い、神殿を後にした。

養護施設に戻った俺たちは、さっそく俺の部屋に集まり属性についての話を始めた。

「エルは属性なんだった？」

「俺は水と土と光だよ。光は非表示にしたけどね」

と返答しつつ女神カードの裏面をフィールズに見せる。

反属性を除いた三属性持ちなら、ほぼ全属性持ちと言っても過言じゃないだろう。適性は優秀なようだ。

「メイリアは？」

「わたしは土と光」

同じく裏面を見せた。どうやらフィールズは最後に言いたいらしい。

「そんでフィールズは？」

「ボクは全属性！」

自信満々に言ってきたけど、全属性とか勇者かな？

「三人とも光属性持ちかぁ、俺は非表示にしといたけど二人はどうする」

王家の血筋は光属性が発現しやすく、この国だけじゃなく他国でもそうらしい。

そしてエロ大王の子種がばら撒《ま》かれたこの国では、光属性はそこそこ見られる属性で、そのせいもあって聖フェルミエーナ皇国との間で何かにつけてトラブルを起こし、その問題もあって国同士の関係性は良好とはいいがたい。

三人とも発現したのは、どこかでエロ大王のばらまいた子種から、光属性を引き継いでいるのかもしれないな。

「わたしも非表示にする」

「それがいいよ」

「ボクも非表示にしようかな」

「いやフィールズは表示した方がいいかも」

「どうして？」

「さっきシスターがフィールズのカードすごく見ていたし、光属性持ちなのはわかっているだろうから、闇も一緒に表示して大して使えないって言った方がよくない？」

「そうだね、ほかの属性はどうしよっか」

「一旦《いったん》非表示にして、上手く使えた属性だけ表示したらいいんじゃない」

「そうするよ」

「みんなの属性が被《かぶ》っているのは土と光だから、リリアンヌに生活魔法と光魔法を教わろうよ」

方針も決まったことだし、さっそくリリアンヌにお願いしよう。


「女神フェルミエーナ様ありがとう、いただきます」

「「「女神フェルミエーナ様ありがとう、いただきます」」」

養護施設の大食堂では長いテーブルが四列並び、一つは施設長と職員たち、ほかの三列に子供たちが座り、施設長の発声後に皆が唱和する形に落ち着いた。

パンと野菜たっぷりのスープはお肉が入っていたらいいほう、っていう豪華ではないがお腹を満たす程度には十分な食事が朝晩の二食出ている。

農家さんの現物での寄付もあって、たまに果物も出るのが嬉しい。

王家運営だし貴族の寄付も多いけど、費用の大半は光属性持ちや訳あり児童の保護というか防衛力というか、職員も多いから費用がかかって仕方ないらしい。

以前はなかった風習だが、食事の度に女神フェルミエーナ様の名を敬意を持って呼ぶことで、神《しん》力《りき》の回復を狙った（いつの間にか養護施設の中で広まった）活動の一つだ。

ついでに日本文化の「いただきます」と「ごちそうさま」も付けた。

ここに用意された料理を祝福し、わたしたちの心と体を支える糧として云々《うんぬん》や、食材や料理を作った様々な人たちにも感謝する気持ちが込められていると養護施設側から説明があり、それを長々と祈らず略式で唱和するけど気持ちは込めましょう。という思いが込められている。

長いと子供たちは覚えられないし俺も嫌だ。

だから最初に始めた台詞《せりふ》がそのまま食前食後の祈りとして定着した。


カタリナとリリアンヌは俺に付けられているが専属というわけでなく、一職員として他の子供たちの面倒も見ているから、なにかと忙しいみたいだ。

「「「女神フェルミエーナ様ありがとう、ごちそうさま」」」

食後の挨拶をした俺たち三人は、食べ終わった食器を調理場に運んでいた。

初めて魔法を教わってから月日は流れ、手のかからない程度には成長した。

隣を歩くフィールズは、少し小柄な大人かと見間違うほどに背が伸びていて、俺の身長と差がありすぎて羨《うらや》ましい。歩く速度を合わせるのも大変だから、背丈をほんの少し分けてほしいくらいだ。

「一旦部屋に戻ってから、リリアンヌの手が空いた頃を見計らってまたお願いに行こう」

「もうすぐ十歳だし、魔法を教えてくれるといいね」

以前、五歳の時に魔法を教わりに行ったが、俺しか生活魔法の灯火《ライト》を発現できず、リリアンヌから「浄化《クリーン》以降は、もう少し大きくなってから来てください」と断られてしまったのだ。

フィールズとメイリアは自主トレをして灯火《ライト》の発現は済ませていた。


生活魔法は属性ごとに、「着火《ファイア》」「湧水《ウォーター》」「石塊《ロック》」「微風《ウィンド》」「灯火《ライト》」「薄影《シェイド》」の六つがあり、誰でも使える魔法と言われているが実際には適性にある程度依存するみたいだ。

俺が魔力を多く注いだり、火炎放射器をイメージして着火《ファイア》しても火花が飛ぶだけで、火口《ほくち》ならともかく薪《まき》に火をつけるのは無理だった。

湧水《ウォーター》ならバンバン出るけど、消防士の放水をイメージしても桶《おけ》からゆっくり灌《そそ》ぐ程度にしかならなかった。

生活魔法は上限が決まっていて、攻撃魔法に転用できるほどの威力は出ないみたい。

光魔法は、初級に浄化《クリーン》と回復《ヒール》、中級に範囲回復《エリアヒール》と解毒《キュア》、上級に大回復《ハイヒール》と解呪《キュアウーンズ》がある。

特殊すぎて光魔法は他者から教わらないとなかなか習得できないそうだ。

出会った当時のリリアンヌは、成人前だが初級まで取得していたから、相当優秀なのかもしれない。

俺は生活魔法を覚えて以降、魔力枯渇まで毎晩練習していたから、魔力量も増えているだろうし早く覚えたい。


「エルです。リリアンヌ、俺たちに魔法を教えてください」

「わかりました。エルたちの部屋で待っていてください」

「やった！」

すぐ後ろでフィールズとメイリアがガッツポーズしている。

部屋で待機しているとノックの音が聞こえメイリアが扉を開けた。

そこにはリリアンヌが立っていたので部屋の中へと招き入れた。

「消費魔力の少ない浄化《クリーン》を先に習得してから、回復《ヒール》の説明に移りますね」

「「はい先生！」」

楽しみにしていた魔法だから三人の声も弾むように明るい。

「浄化《クリーン》は体の表面にどんな汚れがあるか思い出し、それが綺麗《きれい》に取り除かれるイメージを浮かべるのが大事です。汗や泥などの汚れ以外で何があるか想像できますか」

「皮脂や垢《あか》とかですか？」

「正解です。体だけでなくお皿や服の汚れの時も、何の汚れを取れば綺麗になるか想像しながら魔法を発動しましょう」

魔法の発動には事細かにイメージすることが大切だと伝える説明は、魔法をよく理解している人の説明だ。これだけでもリリアンヌの優秀さがうかがえる。

女神フェルミエーナの名を呼び魔力溜《だ》まりを活性化させ、汚れが落ちるイメージを固め自分に魔法を発動する。

「『浄化《クリーン》』」

魔力が抜けていくことを感じながら、俺とメイリアの体が仄《ほの》かに光り、浄化《クリーン》は発動した。

「二人は発動しましたね、フィールズはもう少しがんばってみましょう」

光属性魔法が簡単に習得できると思っていないリリアンヌは、不発だったフィールズに繰り返し練習するよう励ました。

フィールズは浄化《クリーン》を何度か挑戦してみるも、どうにも発動までは至らないようで、このまま回復《ヒール》の説明だけでも聞きなさいと中断させられる。

「回復《ヒール》は人体の構造をよく理解していると、消費魔力も減るのでしっかり学んでください」

と言い、骨格標本と人体模型の絵が描かれた図を広げた。

「回復魔法は初級でも上級でも、人体のイメージが必要になります、この図をよく見て覚えてください」

リリアンヌは徐《おもむろ》にナイフを取り出し、「くッ」と眉を寄せ堪《こら》えるような声を上げ左手に軽く傷をつけ、その手を俺に向けた。

「早速ですがエル、傷が治るイメージをして回復《ヒール》を使ってみてください」

傷のついてない右手もこちらに向け、両手を見比べてよりイメージをさせやすくしている。

「回復《ヒール》」

回復魔法をかけて傷口を治し、続けて「浄化《クリーン》」を唱えて流れ出た血の跡を消す。

リリアンヌは左手の治癒された状態を確認すると、教え子《エル》の飲み込みの早さに満足げな笑みを浮かべた。

「綺麗に治っていますね、お見事ですエル」

「ありがとうございます」

「今度はメイリアの番ですよ」

「はいっ、がんばりますっ」

今日は特に気合の入ったメイリアに両手を向け回復《ヒール》と浄化《クリーン》をかけさせる。

フィールズが怪我をした時のため、早く習得したいと考えていたメイリアは、俺が使う様子をじっと観察していたのか、回復《ヒール》と浄化《クリーン》を見事に成功させていた。

「メイリアも成功ですね、綺麗に治療されています」

「ありがとうございますっ」

「フィールズも浄化《クリーン》ができれば、回復《ヒール》もすぐですから練習は続けてくださいね」

「ボク才能ないのかな」

「反属性も持っているから、苦手なのかもしれないね」

魔力量は女神のご褒美リストの数によって大雑把にだけどその量が把握できる。

二人の女神のご褒美は二個目まで到達しているから、回復魔法を使う魔力量は足りているはずなんだ。


ちなみにメイリアの女神のご褒美は「美肌（顔）」「美肌（身体）」でフィールズは「寿命（＋五）」「暗視」だ。

メイリアはどんだけ美しさに磨きをかけるつもりなのか、美人というより可愛《かわい》らしく尽くすタイプなのに。

薄影《シェイド》が使えるからフィールズは暗視持ちになったのかな？

サングラス程度の薄暗さしかないのに……

「三人のうち二人が回復《ヒール》を使えるようになったので、ほかの属性魔法を練習してもいいですよ」

魔法の練習で怪我《けが》をしても、誰かが回復《ヒール》を使えれば安心だからと言われ、回復《ヒール》習得までほかの属性魔法の練習は禁止されていた。

「やっと土属性の魔法を試せるね」

「光魔法はダメだったけど、ボクにもほかの属性なら使えるかな？」

「きっと使えるよ！　いろいろ挑戦してみよっ」

メイリアはここでもフィールズを励ましている。いつも一緒にいるのだからいっそ夫婦になっちまえよ。

「明日は裏庭の使ってないとこで土魔法を試してみようか」

俺の提案に二人は頷《うなず》き、今日のところは解散する。


次の日。俺たちははやる気持ちを抑えながら裏庭へと急ぐ。

「さっそく土魔法の練習をしよう！」

「どうすればいいの？」

「回復魔法のように知識とイメージだから、ボールを作る練習をしないか」

「攻撃魔法なら弓矢のイメージじゃないの？」

「わたしもそんな気がするよ」

「矢みたいな形だと、横向きや斜めに飛んでいったときに刺さらないからまっすぐ飛ばさなきゃならないし、単純な形の方が咄嗟《とっさ》の時に発動させやすいと思うよ」

二人は納得したようで、せっせと球体作りの練習を始める。

硬さの違うイメージで何個か作ったら、二人から離れて的《まと》になるよう土壁を作る。もちろん的が壊れないよう、硬い鉱物をイメージしてある。

球体作りと違って体積が大きい分、結構な魔力を持っていかれた。

的を作ったことを伝えに戻ると、フィールズがまたも凹《へこ》んでいた。

どうやら土魔法の適性もなかったようで、球体すら作れなかった。

メイリアと二人で的当てしてフィールズを放置するのもなんだから、俺が水の球体を作ってみせて、同じものを作るようやらせてみた。

それもダメだったみたいで、風もやらせてみたけど見えないからできているかわからないときた。

闇は光と同じく特殊だから、師匠がいないと覚えられないし、闇の属性を持っている人は光属性以上に稀《まれ》だから、闇魔法の習得は無理ください。

つまり全属性持ちだけど、現時点では全属性魔法が使えない事態に……

残念勇者かな？

「生活魔法は高いレベルで全部使えるんだからさ、遠距離攻撃は諦めて近接戦闘で生活魔法を活用しようよ」

「どうやって？」

「敵が近づくタイミングで顔に水をかけたり、火を浮かべて近づけにくくするとかさ、どれくらい遠くまで生活魔法が発現できるかやってみたらどうかな？」

「早速やってみるよっ」

目標を設定したら、ちょっと元気になってよかった。


一方メイリアには的を見せて、土魔法で作った球を壁に向けて投擲《とうてき》してみる。

「こんな感じで作った球を飛ばせば攻撃魔法になるよね」

「うんうん、やってみるよ」

俺も速度を魔力で変化させたりしながら的当てをしていると、フィールズの呼ぶ声が聞こえた。

「エル見てよ。こんなに飛ばせたよ！」

「おぉ、十メートルくらい離れているね。しかもなんで二つ？」

「フィールズすごいね、火属性魔法みたい！」

スイカ大ほどの生活魔法の着火《ファイア》が人魂《ひとだま》のように浮かんでいた。

離れているのに突然燃えるとか相手の態勢を崩すのに十分だし、火力次第で必殺技になるかもしれないな。

「魔物に効くかわからないけど、対人戦なら十分使えそうだね」

近接戦闘以外に使えそうな手札が増えて、フィールズも嬉しそうにしている。

「これなら冒険者になっても、役に立つよね？」

生活魔法で扱える属性はたくさんあるけど、攻撃魔法や回復魔法として使うことができず、属性魔法の練習も一人だけ別メニューになっていたし、仲間外れのような気分になっていたのだろう。

「魔法は属性や威力ばかりに目を向けるんじゃなくて、どんな工夫をして使うかが大事だと思うよ？」

「そうよ！　それに、わたしたちはまだ練習を始めたばかりじゃない！　きっとフィールズにもすごい魔法が使えると思うよ！」

フィールズを励ますように、メイリアが声を大にして説く。

「二人がそこまで言うなら、ボクがんばってみる！」

躓《つまず》きかけたフィールズの魔法修行も、生活魔法の活用で光明が見え、メイリアの励ましで元気を取り戻していた。

この調子なら、これからも三人でがんばっていけそうだ。


「新年おめでとう。女神フェルミエーナ様に新しい年を無事迎えることができたことを感謝し、健やかに成長してくださいね」

「「「新年おめでとうございます」」」


施設長の挨拶と共に新年を迎え、俺たちは十歳となった。

実際には女神カードでもっと前に十歳になっていたけど、養護施設基準で十歳なのだ。

フィールズは一月、メイリアは七月、俺は十月にカードが更新されたときに年齢が変わっていた。

もしかしたら季節ごとの三か月更新かも。

だとすると俺の誕生日は八月から十月のどこかだろう。


この年になると、徐々に働き口を探し始めるのだが、一般家庭の子だと家業を継ぐために学んだり、親の勤め先に見習いで参加したりするが、伝手《つて》がない子は何かと就職は難しい。

十五歳の成人を迎えるまでに勤め先が決まらない訳あり児童は、養護施設の職員を勧めたり、代官館の騎士や文官へ斡旋《あっせん》している。

問題を抱えていない遺児たちは、自力でがんばれの方針だそうだ。

そんな中、女神の使徒として就職済み（？）の俺は、その立場に影響を与えない職業、且《か》つ、自由に旅ができ生活費を稼げる職業として、冒険者をになることを決めた。

なぜなら、例えばパン屋さんに就職したとしても、そのパン屋の一家と仲の良いお客の数名にしか、女神の神力《しんりき》を回復する食前食後の祈りを伝えることができない。領地を治める領主や代官に、どうにかして取り入ったとしても領内にしか広められない。それなら各地を巡ることができる職業は何か考えると、冒険者くらいしか現実的な選択肢がないのである。

「ようやく冒険者登録できるね」

フィールズが嬉しそうに話しかけてくる。

「楽しみだけど、俺たちでできる仕事はあるかな」

「わたしは危なくなければ何でもいいわ」

冒険者ギルドは大通りに面していて、街の東門からほど近い場所にあり、冒険者や狩人の利用が多く薄汚れた雰囲気のあるエリアだ。ダンジョンもこちらから向かうことになる。


ギルドの扉をくぐって中を見渡すと、正面に受付カウンターを配置した広い造りになっており、左手に買い取りと依頼表、右手に冒険道具の売店と待合スペースが見える。

ギルドには非戦闘員もいるから、武装した酔っ払いを生まないように酒精の販売はしていないみたい。

代わりに大きな酒場が隣にあるけど。これもギルドの運営なのかも。

中に進むと、待合スペースにいる冒険者たちが目を向けてきたが、すぐに視線を逸《そ》らし仲間内で会話を始めた。依頼の取り合いになりそうな時間を避けたから残っている冒険者は少なかった。

素面《しらふ》だからか、そうそうに絡まれる展開にはならなそうだ。

そんな冒険者集団の中から一人の少年がこちらに向かってくる。どこか懐かしい顔立ちをしている。

「ボクはジェレイミ、君はエルだろ？　久しぶりだね」

「カタリナの息子!?」

「そうそう」

「冒険者になっていたんだな」

「うん、父さんが騎士を目指すなら、冒険者で一人前になってからだ！　って言うから、私塾で友達になった子の中で、親子で冒険者をしているパーティーに加わって、ベテランの人に教わっているんだ」

「そっか、俺たちはこれから登録するところだよ」

親とその仲間、そこに子供たちが加わった六人パーティらしい。

お互いのメンバーを紹介し軽く顔合わせを済ませた。

俺たちの様子に気がついたギルド職員が、受付カウンターの向こう側から声をかけてきた。

「あんたたち、新規登録だろ。こっちに来な」

俺たちを呼んでいたのは、顔立ちに昔は美人だった面影のある、恰幅《かっぷく》のいい女性だ。

「あんたたち、背も低いしこの時期に登録に来るなら養護施設の子だろ、見習い用に良いの取っておいたよ。女神カードを出しな！」

フィールズの背丈は百六十センチで他の子より高いが、俺とメイリアが百十センチと十歳にしてはかなりの小柄だから、すぐわかったのだろう。

くそう、成人までには追い抜いてやる。せめてメイリアは抜きたい！

「登録済んだからカードは返すよ、Fランクの見習いからスタートだね。依頼を数回こなせばEランクにすぐ上がるよ。気になるだろうから、ついでにランクの説明もするさね――」

冒険者ランクは七ランクあり
Sランク　達人　国に雇われたAランク。国家の箔《はく》付け。
Aランク　達人　昇格試験あり。国家から指名依頼が入る。
Bランク　一流　昇格試験あり。貴族から指名依頼が入る
Cランク　熟練　昇格試験あり。商会から指名依頼が入る、大半はこのランク。
Dランク　一人前　ダンジョン入場可能、大半はこのランク。
Eランク　半人前
Fランク　見習い　依頼数回で昇格
と。説明を受けた。

女神カードの職業欄が「職業：冒険者　Fランク」に変化していた。
「早くランクを上げたきゃ依頼以外で肉や素材を納品しな。ランク上げるポイントが溜まりやすいよ」
詳しく聞くとギルドの収入には、依頼の仲介手数料や素材の売却益があり、素材を商会に売却されるとギルドの利益にならいから、ポイントを高くつけて優遇しているとのこと。

「そういえばあんたたちは、属性魔法は使えるのかい」

「俺は土と水が使えますよ」

「わたしは土だけ」

俺とメイリアは念のため、光属性を公表しない方針を取っている。

「なら戦闘評価を受けていかないかい」

「戦闘評価？」

「どれくらい戦闘力があるか見極めるのさ、今のランクより高い戦闘力があれば、討伐系の依頼に限り評価結果のランクで受けることができるんだよ。騎士崩れとかお貴族様の三男坊とかの、冒険者になる前に訓練を受けていた人を優遇する制度だね」

「わたし受けてみたいっ」

「なら俺も受けます」

「ボクも受けたい！」

フィールズはどうかな、お前、属性魔法使えないじゃん。

騎士崩れで冒険者になった人も戦闘評価を受けられるみたいだし、近接戦闘の評価もできるんだろう。

生活魔法を戦闘に使う人はいないだろうから、フィールズに奥の手だから使うのは禁止だと伝えると、絶望の表情を浮かべていた。

命のかかってない場面で使う技じゃないだろうに。

「戦闘評価できる人を呼んでくるから、あんたたちはこの中から依頼を選んでおいて」

と言い残してカウンターの奥へ行き、数枚の依頼表だけが残されていた。

「下水掃除にお屋敷の草むしり、農園の収穫と宿屋の水汲《みずく》みの四件だね」

「一人でもこなせそうな依頼ばかりね」

「ボク農園の収穫やりたい」

「なら俺は宿屋の水汲みにしよう、水魔法を使えば済みそうだし」

「わたしはフィールズと一緒に収穫するわ」

メイリアはそう言うと思ったよ。

「定員が多いから、人手が必要な広い農園みたいだね」

三人で依頼のこなし方を話していると、受付嬢？　が戻ってきた。

「あんたたち、どの依頼にするか決まったかい」

「俺はこの宿屋の水汲みにします」

「ボクたちは農園の収穫です」

「ああ、この農園は門の外にあるから王立賢王養護施設の子は受けられないんだよ。それに背の低い子は高い木の実に手が届かないだろ。こっちの屋敷の草むしりなら二人で受けられるからこっちにしな」

うちの施設には訳あり児童が多いので誘拐等を防ぐために、自衛のできる成人になるか就職するまで門の外に出られないのだ。

他の施設の遺児なら、冒険者登録前から薬草採取でお小遣いを稼げたのにね。

「依頼の受付は済ませておくから、裏の訓練場に回って戦闘評価を受けてきな」

訓練場に向かうと精悍《せいかん》な顔つきで筋肉がギッシリ詰まってそうな体つきの人物がいた。

「おう、来たなボウズども！　オレはギルドマスターのダグラスだ。さっそく始めるからこっちに来て魔法を撃て」

「じゃあ俺からいきます」

「ちっこいのが二人か」

女神フェルミエーナの名前を呼び、ごにょごにょと小声で呪文を詠唱している振りをしつつ、的に向け土魔法をぶっぱなす。

――ゴスッ！

的に目掛けて跳んでいった土魔法は、鈍い衝突音を立て的の中心にぶち当たる。

「なかなかいいな」

次にメイリアが土魔法を放ち戦闘評価を終えた。

「二人ともなかなかの威力だ、戦闘に十分使えそうだな。これを何発くらい撃てるんだ？」

「わたしは二十発くらいかな」

「俺は二十五発ってとこ」

もっと撃てるけどメイリアに程よく合わせておく。

優秀すぎると思われて、変なチームから勧誘受けると嫌だしね。

「それだけ撃てるなら戦闘評価はDだな。Cでもいいんだが戦闘経験のない見習いがいきなりCランクというのはまずいだろ、Dランクであればダンジョンは入れるし。んでそっちのボウズは？」

「ボクも戦闘評価受けさせてください！」

「おういいぜ、そっちに訓練用の武器はあるから得物を選んでくれ」

といいつつダグラスさんは訓練用の木剣を手にして、フィールズも木剣を持って開始位置についた。

まったく訓練してないフィールズがどうやって戦うんだろ？

「やあぁぁ！」

フィールズは先手を取ろうとかけ声と共に剣を上段に振りかぶり、ダグラスさんの頭部を狙って思い切り振り下ろす。

子供たちがよくやる、力任せなちゃんばら剣術にしか見えない。

ダグラスさんが「よっ」っと剣を右から軽く振り抜きフィールズの剣を弾《はじ》く。

それによりフィールズの身体が泳ぎ、崩れた体勢を戻すため一歩引いて構え直そうとしたところを、再度横なぎの一撃で剣を弾く。

引いていてはやられると思ったのか、がむしゃらに剣を振り回すフィールズだが、軽くいなし躱《かわ》され最後には剣を弾き飛ばされた。

圧倒的な技量差で、怪我を負わせないように手加減されている戦い方だった。

「まだまだだな、これじゃ戦闘評価はやれない」

「父さんみたいにやれると思ったのに……」

フィールズは悔しそうに俯《うつむ》く。

養護施設で育った皆には、それぞれ事情がある。

仲の良いフィールズとはいえ肉親のことを訊《たず》ねるのは気が引けるし、父親のことを覚えているとは思わなかった。印象に残っているということは、剣を握って戦う仕事をしていたのだろう。

「それじゃ解散だ、依頼に行ってこい！　戦闘評価は帰ってきたら変更するよう受付に言っておく」

俺たちは再度受付で詳しい依頼内容を確認し、それぞれの依頼先に向かった。


「こんにちは」

「いらっしゃいませ、お食事ですかご宿泊ですか？」

俺と同じくらいの背丈をした女の子から声をかけられた。

階段下の空間にこぢんまりとした受付カウンターのある宿で、そこで宿帳の記入や金銭の受け渡しを行っているようだ。女の子の後ろには厨房《ちゅうぼう》が見え、カウンター正面側には食堂が広がっている。

「冒険者ギルドで水汲みの依頼を受けてきました」

「おとーさーん、水汲みの人来たよー」

「裏口から入ってもらえ！　あと説明も頼む！」

昼食の時間にはまだまだ早いが、準備が忙しいのか厨房からカチャカチャと音が聞こえてくる。

「忙しいみたいだから、わたしが説明するね。裏口に回ろっか」

「カウンター空けても大丈夫なの？」

「この時間なら少しくらい空けても大丈夫よ」

一度外に出てから裏口に回る。

「わたしはツーリア、あなたは？」

「俺はエル、初めての依頼なんだ」

「そっか、裏口の庇《ひさし》の下に水瓶《みずがめ》があるのと、裏口から入ってすぐのところに大きい水瓶があるから、その二つを満タンにしてほしいの。井戸はこっち」

と少し離れた井戸まで案内されるが、手押しポンプが付いており水汲みは楽だが、往復して運ぶのが大変な仕事のようだ。

手押しポンプもエロ大王の農業改革の一環かな。

こういった便利なものが広まっているなら、前世の知識を利用した、よくある知識チートとやらは使いものにならないかもしれない……

予想以上に発展している世間に一抹の不安を感じる。

「俺、水魔法で水瓶をいっぱいにできるから、井戸の案内はよかったのに」

「そうだったの、わざわざごめんね。それじゃあわたしは受付に戻るからあとお願いね」

ツーリアは受付に戻り、俺は周囲を見渡し人気《ひとけ》がないのを確認したら、こっそり水瓶に浄化《クリーン》をかける。飲食店だし衛生管理は必要だよね。

水魔法で外の水瓶を満たしたら、中に入り浄化《クリーン》と水魔法で大瓶も満タンにする。

「おやじさん、水汲み終わりました」

「おお早いな、テト確認してやってくれ」

厨房で手伝いしていた、料理人見習いっぽい子に水瓶を確認してもらう。

「大丈夫ですね」

「ではおやじさんから依頼書に完了のサインを貰いたいんですが」

「おとーさーん、サインだってー」

おう、と返事が来てテトに作業の続きを指示して、完了のサインを貰った。

「お前さん……「エルです」……エルは手際も良かったし、明日も来てくんねーか」

「いいですけど、この依頼っていつまで続くんですか？」

ありがたいけど見習い料金でいつまでも引っ張られたら堪《たま》らないぞ。

「カミさん次第だ。水汲みは任せていたんだが倒れちまってよ、具合がよくなりゃ依頼は取り下げるぞ」

いや、女性に水瓶二個の水汲みは、重労働じゃないのか？

「奥さんに普段はどんな仕事を任せていたんですか？」

「朝は水汲み、昼間は受付、夜は接客、諸々《もろもろ》終わったら売り上げの集計だな。あと部屋が空いたら掃除もか」

めちゃめちゃ働き者じゃないかっ、っていうか奥さんだけブラックすぎるだろこの宿。

「朝の水汲みは女性には重労働すぎるでしょ！　それに夜の接客ってなんですか。奥さんに男性客でも取らせていたんですか!?」

「カミさんにそんな仕事はさせねーよ！　夜は酒も提供しているからツーリアに給仕させられなくて、カミさんにやってもらっているんだよ！」

「それでも奥さんの仕事量が多すぎるでしょ、倒れるのも無理はないですよ」

「だがオレの作る料理が好きって言ってくれてな、他のことは私たちに任せて大好きな料理をがんばってと言われてな……」

家族愛に包まれた申し出だったらしい。それでも仕事量が過剰すぎる！

「人手を増やせるほど稼いでないんですか」

「オレの代で食堂をメインにしてから食事の客もよく入るようになったし、食事目当てで宿泊客も安定しているはずだぞ」

なら人手を増やしても大丈夫か。

「明日も依頼受けますね、ギルドに戻ったら報告しておきます。それと助っ人を呼びますので、日当をお願いします」

「おう、わかった準備しとく」

「それと奥さんの具合はいかがですか」

「良くなっていると思うんだが、肉が食いたいって言うからステーキ持っていったら、これは重たいと言われてな。食欲はあるみてーだがどうしたもんか」

肉が食べたいけど軽いものがいいと……それならあの料理かな。

「ちょうど良い料理があるので、厨房貸してくれませんか」

「おう、いいぜ、肉以外に必要なものがあったら言ってくれ」

「玉ねぎをお願いします。みじん切りにして炒めますので」

手際よくみじん切りをするおやじさんは、今さらだがチェスターさんというらしい。

「俺は玉ねぎを炒めていきますので、パンを粉にするのと、お肉もみじん切りにしてください」

「おう、ミンチ肉にすればいいんだな」

飴《あめ》色になった玉ねぎとひき肉とはいわないのか、ミンチ肉にパン粉と塩と砂糖を適量振りこね合わせていく。つなぎの卵はなかったから、後入れのみじん玉ねぎはないバージョンだな。シャキシャキ食感が加わって好きなんだが仕方ない。

空気を抜き小判型に成形したあと、中央をへこませて弱火にかける。

薪の火力調整はわからないから、チェスターさんに火力を伝えて調整してもらう。

徐々に火力を上げ片面に焼き目がついたら裏返して蓋《ふた》をする。

弱火でじっくり焼いたら出来上がりだ。

「二つ焼いたから、片方は試食しましょう」

一つを三等分に切り分け、俺、チェスターさん、テト君で食べる。

なんの肉かわからなかったけどステーキ用だし、合《あ》い挽《び》き肉《にく》のやり方でもちょうど良かったみたいだ。

「おお！　ステーキのような歯ごたえはないけど、肉のうま味がじゅわっと溢《あふ》れて甘みもある。口の中でほぐれる肉が食べやすいぞ！」

チェスターさんの評価は良いみたいだ。

「さっそくカミさんに食わせてくる！　これうちの店で出してもいいか？」

「いいですけど、そのまま出さないでくださいね。味付けやソースをかけてより美味《おい》しくしてくださいね」

それを聞き流すチェスターさんは、もう一つのハンバーグをさっと手に取り奥へと消えていった。

「エルさん美味しかったです、なんて名前の料理ですか？」

「ああ言ってなかったか、ハンバーグっていう料理です」

テト君も気に入ってくれたようだ。

「カミさんに渡してきた、いい料理を教えてくれて……『おとーさーん、お客さんがたくさん入ってきたよっ、お昼の定食早くだしてー!!』……ありがとう」

返事をしようとしたら注文が入ったことをツーリアちゃんが告げる。

これから食堂も忙しくなるのだろう。仕事を終えたから帰ろうとすると、チェスターさんが声をかけてきた。

「おう、エル！　暇なら給仕手伝ってくれ！」

「いま食堂はツーリアちゃん一人なんでしょ、今までどうやっていたんですか！」

「客を待たせながらテトが行ったりオレが行ったりだな」

「事情知っているから手伝いますけど、ギルド経由の依頼にしてくださいね。見習い期間を早く終わらせたいので」

「ああ、わかった！　頼んだぞ！」

話しながらも手際よく料理を仕上げ、それを持って食堂へ向かう。

「ツーリアちゃん。給仕を手伝うことになったよ、よろしくね。この料理どこに持っていったらいい？」

「そこの冒険者さんたちのテーブルへお願い」

「了解ッ」

ツーリアちゃんの指示したテーブルに、出来立ての料理を配膳する。

「お待たせしました」

「おう！　ようやく来たか、待ってました！」

湯気と共に美味しそうな匂いが立ち昇っている料理を前に、冒険者たちは我先にと荒々しくがっついている。

チェスターさんの料理が美味《うま》いのか、食堂のテーブルは昼前からすでに満席で、今まで三人でどうやって回していたのかと疑問を抱きつつ、黙々と給仕の仕事をこなしていた。

急遽《きゅうきょ》食堂に放り込まれてもメニューを把握していないから、どうにも給仕のオペレーションがもたついてしまう。それでも料理をぶちまけたりしてないから、足を引っ張ってはいないと思うけど……。

ツーリアちゃんと二人で給仕してても手が足らず、テト君にも食堂に入ってもらったりとかしながら、誰かがミスったら破綻しそうなギリギリ綱渡り状態の給仕も終わりが見え、お昼の客が捌《は》けてきた頃に、一旦厨房に戻ったテト君が来た。

「ツーリア、受付変わるよ。エルさんも賄いを用意したから二人で食べてきて」

「お兄ちゃんありがとう！　エルさん厨房で一緒に食べよ」

自然と手をつないでくるツーリアちゃんに手を引かれ、賄いを食べに食堂を後にする。

目まぐるしく展開の変わる戦場のような給仕を乗り切ったから、戦友のような気持ちでツーリアちゃんとの仲も深まった気がする。

ツーリアちゃんは九歳になる女の子で、俺の一つ下の年齢だ。遊びたい盛りだろうけど、年が近くて仲良くなるのが早いのかもしれない。

厨房に行くと用意されていた賄いはハンバーグ定食だ。

「おとーさん、新しい料理作ったの？」

「おう、食べてみてくれっ、うんまいぞ」

娘にはデレデレの親父《おやじ》みたいだな。表情筋が崩れている。

テーブルを見るとハンバーグには赤くてケチャップほどドロッとしてないソースがかかっていて、付け合わせの野菜とパンが用意されていた。

ツーリアちゃんはさっそくハンバーグを一口大に切り分け、新作料理を堪能しようと口へと運んでいた。

「おとーさんこのミンチ肉すごく美味しいよ！　赤いソースと一緒に食べると酸味がアクセントになって一段と美味しい！　ステーキは食べるの大変だったけど、これは食べやすくてすごく良い！」

ツーリアちゃんも気に入ってくれたようだ。むしろ絶賛と言っても過言ではない。しかしハンバーグを作ってすぐにトマトソースに行きつくとは、チェスターさんは天才料理人なのかもしれないね。

「そのハンバーグって料理は、エルが教えてくれたんだ」

「ええ!?　エルさんが!?」

そう叫ぶツーリアちゃんは、尊敬のまなざしを俺に向け、美味しい料理に目を輝かせていた。

後片付けはテト君に任せて、チェスターさんと一緒に冒険者ギルドに向かった。

「ナターシャさん、水汲みの依頼の件なんだけど……」

「おやチェスターさん、この子が何か失敗したのかい？」

依頼の受注を処理した責任感からか、依頼主の登場に申し訳なさそうな表情を浮かべていた。

「違いますよ、明日も俺が受けるのと追加の依頼を出しに来たんですよ」

依頼失敗はさすがに心外とばかりに、誤解を解くため説明をする。

それにしても、ギルドの受付嬢（？）はナターシャさんっていうのか。

「水汲みのあと給仕を手伝ってもらったから、その分を事後依頼で出したいんだ。もちろんどちらも評価Aだ」

「それだけ評判が良いなら、明日の依頼が終わったらエルは見習い卒業かな」

「そんな簡単にランクが上がるんですか？」

「Fランクは依頼主とやり取りして、無難にこなせるかっていうのを評価しているんさね。ギルドでの仕事の手順を覚えてもらうのが目的だから、依頼主と喧嘩《けんか》したり失敗しなければ、割とすぐに上がる。それに追加の依頼も事後依頼で受ける交渉ができるなら、お前さんは十分さね」

「エル、明日も今日と同じくらいの時間に頼むな」

「わかりました」

厨房をあまり空けたくないチェスターさんは、留守の様子が心配なのか【角《つの》ウサギ亭《てい》】にさっさと帰っていった。

「それで事後依頼の依頼料はいくらにしたんさね」

「あっ、急だったから決めてないっ」

「うっかりしているねぇ。まあ今回は大目に見ておくけど、これからは注意するんさね」

「……気をつけます」

急遽決まった仕事だったし、金額を折衝する前に給仕を手伝わないと現場が回らなかったけど、そこまで依頼を詰めていなかったのは俺の失態か……、後からでも金額交渉をする時間あったのに、賄いを食べてお腹がいっぱいになった分、気が緩んでいたのかもしれないな、反省しよう。

「宿屋の水汲みが千ゴルド、宿屋の給仕が三千ゴルドさね」

「依頼料の差がひどいなっ」

「見習いが受けて失敗する前提で、税金や手数料のかからない最低料金なんさね。給仕の方は税金もギルド手数料もさっぴいてある。ほら大銅貨四枚受け取りな」

「ありがとうございます」

硬貨を裸のまま手渡しで受け取りお礼を言うと、ナターシャさんは、まだなにか言い残しているような顔をしている。

「あんた施設出身なら、お金を扱うのも初めてだろ？」

「まあ、そうですね」

「せっかくの機会だ、硬貨の説明も聞いていきな」

報酬で受け取ったのは大銅貨だ。恐らくその下に銅貨があるのは予想できる。他にも硬貨の種類があるだろうし、今後のためにも確認しておいた方がよさそうだ。

「硬貨の種類は、いま渡した大銅貨より価値が低いのが銅貨で、百ゴルドになるさね。十枚揃《そろ》うごとに価値が上がって、大銅貨、銀貨、大銀貨、金貨、大金貨と大きくなっていくさね。ダンジョンでいい魔道具でも見つけなきゃ金貨や大金貨なんてそうそうお目にかかれないけどね。お金の価値はわかったかい？」

ナターシャさんは淀《よど》みなく言葉を連ねていく。何人もの施設出身者を相手に、同じような説明を繰り返していたようだ。

硬貨の説明なんて受付嬢の仕事ではないから、ナターシャさんの親切心からきているものだけど、説明を終えて得意げな表情をしている。

「説明がわかりやすかったので理解できました。ありがとうございます」

十進数で桁《ゼロ》が上《ふ》がる《え》と硬貨の種類が変わるのはわかりやすい。ニコリと微笑みを返すと、ナターシャさんは満足そうに笑っていた。

他の冒険者は受付嬢にお礼を言ったりしないのだろうか？

粗野な連中が多いのかと、冒険者ギルドに立ち寄る際は気をつけようと、心にメモしてその場を後にした。


パン一個が百ゴルドで買えて安宿が二千ゴルド、節約生活なら街中での依頼だけでも暮らせそうだね。毎回あるとは限らないのが難点だが。

それにしてもチュートリアルランクだったのか、Eランクからが本番だな。

まだ夕方には早いし、Eランクの依頼を確認してから帰ろう。

三話　宿の改善の女神の手紙

「ショーナ、いま話いい？」

「……いいけど」

俺が声をかけた娘は二つ上のショーナ、ほにゃらら《《ーナ》》と付いているから、おそらく貴族の訳あり令嬢だ。

依頼から戻った俺は、養護施設の遺児でまだ仕事の決まっていない女子に、【角《つの》ウサギ亭《てい》】の仕事を紹介することにした。

「ショーナはまだ見習い先、決まってなかったよね」

「……うん」

「水魔法は使えないけど、湧水《ウォーター》は使えたよね」

「……そうだけど」

「なら湧水《ウォーター》使った仕事があるけど、明日一緒に来てくれない？」

「……行く」

「あとサーリナ姉を見かけなかった？」

「……いつもの三人で食堂にいた」

「ありがとう、行ってみるよ」

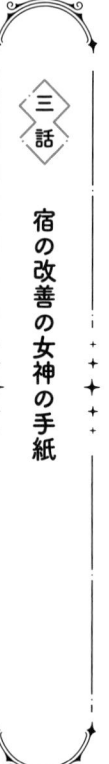

水属性は持っているけど、攻撃魔法は使えない子で性格も攻撃向きじゃない。けど魔力量はそれなりに持っているから水汲《みずく》みには十分でしょ。

食堂に行くとショーナが言っていたように、三人の女性が雑談していた。

「もうすぐ養護施設を追い出される年になるのに、まだ仕事が見つからないよぉ。それもこれもエロい目で見てくる男どもが悪い！」

「そうそう、『ずっと雇ってほしかったら俺の女に〜』とかいうやつでしょ。どこの見習いに行っても大体それでダメになるのよね〜」

「スキラはまだ十三歳だから余裕はあるでしょ」

「サーリナは十四歳だもんね、十五歳で成人だから今年中に見つけないとね〜」

「このままだと見通しが暗いわ！　でも残された働き先がぁ……」

「いい仕事は望めそうにないのよねぇ〜」

「仕事が見つからないまま放り出されるのは嫌よ！」

仕事が長続きしない不安と焦り、異性関係のストレスがずいぶん溜《た》まっているみたい。

荒れているなぁ。

「そんな二人に朗報です！　宿屋で給仕の仕事する気ある？」

いつもは明るく元気で赤髪ショートカットのサーリナと、サーリナを真似ているけどちょっと違う茶髪ショートのスキラの二人が賛成すれば、両手でコップ抱えて、ののほんと二人を見ている黒髪パッツンロングのソーニエも釣れるはず。

サーリナとスキラは、普段は人当たりもよく笑顔で接してくるんだけど、そのせいで勘違い男をわんさか引っかけるみたいで、採用はされるけど続かなくて転々としているのだ。

ソーニエはまだ十二歳で余裕があるから、単純にのんびりしているだけ。

「明日、ショーナをお試しで連れていくんだけど、人手不足だからよかったら三人も一緒にどうかな」

「どこの宿屋？」

「角ウサギ亭ってとこ。料理が評判だから給仕の募集で、他にも人手は足りてないから三人一緒に紹介できそうなんだ」

「悪くはなさそうだけど給金はどうなの」

「それは聞いてない。押しかけ給仕になるから、採用も給金も三人の働き次第かな？」

「うーん、でもエロい目で見てくる人はいるんでしょ」

「家族経営だからそんなことはないと思うよ（今は体調を崩しているけど、奥さんが目を光らせている職場だから大丈夫じゃないかな?）。そもそもお店が忙しくて、従業員にコナをかけている暇はないよ。異性の同僚がずっと傍《そば》にいるわけじゃないし、お客から声をかけられても食事の短い時間だけじゃないかな？」

もう一押し必要かな。

「宿屋だから住み込みで働けるだろうし、賄いも出ると思うよ」

「一度行ってみるわ！」

「わたしも行くわ～」

サーリナが決めると、食いつくようにスキラからも同意を得た。仲間同士で同じところで働きたくとも、勤め先が何人も同時に雇い入れる機会なんて、そう都合よくありはしないからね。

良い流れのままソーニエにも確認を取る。

「ソーニエもいいよね」

「うん」

ショーナも含めて、四人も労働力を確保したぞ！

「それじゃ明日の朝食後に、出掛ける準備しといてね」

「「わかったわ（～）」」

四人の勧誘を済ませた頃に、フィールズとメイリアもギルドの依頼から戻ってきた。

「依頼どうだった？」

「ボクたちは一日で終わらなかったから、また明日も行くよ」

「お昼をごちそうしてもらって、とっても美味《おい》しかった。そっちは？」

「こっちも継続。明日はショーナたちも連れていく予定」

宿屋での仕事と人手が足らないことを説明し、フィールズたちと今日の仕事について語り合った。

初めての仕事で二人は疲れた様子を見せているが、依頼主が親切な人だったのか楽しそうに報告していた。

翌朝、早い時間帯から四人を連れて角ウサギ亭に行く。

「おはようございます」

「「「おはようございます（〜）」」」

「助っ人連れてくるって言っていたけど、大勢連れてきたな」

「いやこの宿には、これくらいの人手は必要ですよ」

「誰が何をするんだ？」

「サーリナとスキラの二人は明るいし人当たりも良いから給仕で、空いた時間は食堂の掃除かな。ソーニエはのんびりしているから、自分のペースでできる宿の掃除と洗濯をやってもらって、ショーナは水汲みと皿洗いとかの厨房《ちゅうぼう》の補助ですかね」

「水汲みはエルが指示してくれ、給仕と掃除は食堂に行ってツーリアから聞いてくれ」

「それじゃ三人は表から入って、受付にいるツーリアちゃんから仕事内容を確認してね、ショーナは大きい水瓶《みずがめ》から水汲みしようか」

「……わかった」

水汲みは順調に進み、大瓶をいっぱいにしたとこで手を止める。

「いま魔力量はどれくらい残っている？」

「……半分くらいだと思う」

「それなら一度休憩してから続きをやろっか」

俺の言葉にショーナは素直に頷《うなず》き、厨房の一角に座り込んで魔力を回復させている。

少し余裕があるくらいでやめておいた方がいいだろう。残量を見誤って魔力枯渇で倒れたら大変だしね。

「……あれ」

ショーナの視線の先で、テトが野菜の皮むきをしていた。

「興味あるならやってみる？」

視線を感じたテトがショーナに声をかけ、下ごしらえの作業に誘っていた。

「……うん」

立ち上がり、テトの横に立つショーナ。

ショーナもここでやっていけそうだね。

「そうだ、エルさん！　昨日は父さんがハンバーグを夜の食堂で販売したら大人気だったみたいで、ミンチ肉やらみじん切りやら散々やらされましたよ、どうにかなりませんか？」

「手間がかかっているから値上げして注文数を少なくするとか、限定十食とかの、事前にタネを仕込める分だけの提供にするしかないんじゃない？　簡単に加工できる調理器具を用意すれば、もっと販売個数を増やせるだろうけど」

「調理器具!?　エルさん用意してください！　今すぐっ」

テト必死だな。

「用意しろって言っても、鍛冶屋《かじ》とかで作ってもらわないと無理だよ。俺、金ないし見習い冒険者だし鍛冶屋の伝手《つて》だってない」

「エル、その器具を鍛冶屋で急いで注文してきてくれ。紹介状は書くし支払いは角ウサギ亭で頼めばいい」

「わかりました、どこの鍛冶屋ですか？」

「職人街の裏通りにあるゴッダード鍛冶店に行ってくれ。業務用の調理器具とかの注文を受けてくれるところだ」

ミンチ肉作りから解放されるかもとほっとした表情のテトが、皮むきを丁寧にショーナに教えていた。

チェスターさんから紹介状を受け取り、ゴッダード鍛冶屋へ向かう。


「こんにちは」

「おう、何のお使いだ」

前掛けをした強面《こわもて》筋肉のお爺《じい》さんが工房から出てきた。

「角ウサギ亭の使いです。紹介状をどうぞ」

紹介状を読んだゴッダードさんが、

「ミンチ肉を作る器具なんてないぞ、どうするんだ」

前世の知識から思い出して描いた、上から肉を入れハンドルを回したらミンチ肉ができる図面を見せた。ハンドルの反対側に出口を作り、ついでにソーセージ用のアタッチメントに付け替えられるように部品を追加しておく。

「見たことねえし初めて作るから、三日後に一度来てくれや」

ついでにショーナのためにピーラーも注文しておく。

これも初めてらしく三日後に仕上がりを見ることになった。

ピーラーの代金は俺の手持ちで足りたから払っておいたよ。残金はゼロだ。


説明に時間がかかり、昼過ぎに角ウサギ亭に戻り、紹介した彼女たちの様子を確認する。

「ショーナ、水瓶いっぱいになった？」

「……うん」

野菜の皮むきでテトと随分打ち解けていたみたいだけど、水汲みの仕事は忘れてなかったようで安心した。今は皿洗いを手伝っている。

「チェスターさん、ミンチ肉の調理器具の件ですが、初めて作るから三日後に仕上がりを見てからになります」

「そうかわかった、三日後も頼む」

依頼を受けていないのに三日後にゴッダード鍛冶店に行く羽目になったらしい。

ひき肉を作る機械がわかるのは俺しかいないから、やむを得ない役割と承諾することにした。

「三日後かあ……」

完成時間を聞いて、まだミンチ肉作りが待っていると、テトがため息混じりに呟《つぶや》いた。

「手直しがあったらまだ先に延びるよ」

「えええええぇぇっ」

テトに止《とど》めを刺す。

「エル、賄い出すから食べていってくれ」

「そういえば俺、水汲みの依頼で来ていたんですが、ショーナがやっちゃったしどうなりますか？」

「エルのメンバーってことで依頼は達成でいいだろ」

「ならギルドの報酬はショーナに渡します」

「いやカミさんと相談して、ショーナたちは見習いとして一日働くから、大銅貨五枚を渡すぞ。依頼料の方はエルが受け取っておけ」

「おお、ショーナ見習い採用おめでとう」

「……ありがとう」

「夜の食堂が終わったら、四人を養護施設までチェスターさんが送ってくださいね。遅くなりますし女の子ですから」

「わかっている」

「それじゃ俺行きます。三日後にまた来ますね」

「おう、ご苦労さん」

依頼書にサインを書いてもらい、角ウサギ亭を後にする。


ギルドで依頼完了の処理を行うと、水汲みの人員を雇ったから依頼が終了したことも告げる。

「角ウサギ亭の女将《おかみ》さん、調子良くなったのかい？」

「まだ顔は見てないですよ。見習い先として養護施設の子を紹介したんです」

「あんた、自分の仕事がなくなるのにそんなことをして……」

依頼料の大銅貨一枚を受け取った。

「これで見習い卒業さね、カード出しな」

登録の済んだカードを見ると「職業：冒険者　Eランク　評価D」と変化していた。

「そのカードなら門の外に出られるし、ダンジョンだって入れるさね。何か依頼を受けるかい？」

「薬草採取を受けます。繁殖地帯と気をつける魔物、それと薬草の見本はありますか？」

「東門を出てそのまま進み、東の林付近で採取するといいさね。ホーンラビットが出るけど滅多に遭遇しない。ただ北のダンジョン側に近づくほど遭遇しやすくなるから注意するんだよ」

話しながらギルドの在庫から見せてくれた薬草の見本は、葉の輪郭がシソに似た、ギザギザが特徴的な葉っぱで、表面の葉脈が力強く浮き上がっていた。

「葉っぱだけでいいんですか？」

「そうだよ。最低これくらいの大きさの葉っぱを十枚ずつ納品しておくれ。次も取れるように、若い葉と下の四枚は必ず残すよう気をつけるんさね」

「わかりました。ありがとうございます」

「あんた何にも持ってないじゃないか、この革袋あげるから使いな」

俺がほぼ手ぶらなのに気づいたナターシャさんから、革袋を受け取り外に向かう。


「おう、女神カードを確認させてくれ」

「冒険者だよ。見習いは卒業している」

カードと革袋を見せると、門番のおっちゃんはじろじろ見て言い放つ。

「薬草採取か？　南側は畑や農園になっているから、野菜泥棒に間違われないよう近づくなよ。行ってよし」

「ありがとうございます。行ってきます」

これから東門の利用は多くなるし、愛想を振り撒《ま》いておこう。

東門の正面は草原になっているが、獣道《けものみち》状の草の生えてないまっすぐな一本道がある。

薬草は草原の植物より頭一つ高く育つため、簡単に見つけることはできた。

しかしほとんどの場所は採取済みで、依頼書に明記された規定数の十枚を集めるのに、何か所も回る必要があり、予想外に苦労した。

余分に取れた端数は、今まで使ってこなかったアイテムボックスに入れる予定だ。

ロストや取り出せなくなることが怖くて、自分のものとか捨てていいもので試そうと思って、使っていなかったのだ。

遺児に自分のものなんてないし、街中で試して誰かに目撃されたくもないしね。

もちろん周囲に子供たちがたくさんいる養護施設内で試して万が一見られでもしたら、「今のなあに？」とか「ねえ、なにやってるの～？　ねえねえ」と質問攻めにあうこと間違いなし！

人の口には戸を立てられないし、ましてや年端も行かない子供たちを制御するのは難しい。アイテムボックスという不思議技術はあっという間に広まってしまうだろう。それが怖くて、今まで使うことを躊躇《ちゅうちょ》していた。

薬草を集めている振りして、足元の石ころや草を毟《むし》ってアイテムボックスに収納と念じる。

すると手に持っていたものは消えて、今度は取り出しと念じると、頭の中に半透明のレポート用紙が浮かび上がり、収納されているものが一覧で確認できた。

一覧から出すものを選び、もう一度取り出しと念じたら中身を取り出せた。

「実際に試してみると、手品を見ているみたいで不思議な感覚だ」

出し入れは自在で違和感も起きない。使用する上でのリスクはなさそうだ。

それに、一覧に残るから入れたものを忘れてなくす羽目にはならないみたいだ。


今度は触れていないものの出し入れをしてみて、どの程度離れて出し入れができるか把握する。

試した結果、収納は三メートルほど離れた距離でも可能で、出すのは十メートルくらい離して取り出せるようだ。

大物を入れても、取り出す際に自分が押し潰《つぶ》されることはなさそうで安心できる。

時間経過の有無は、雑草を収納して、機を見て取り出し枯れ具合で見極めようと思う。

ポケット経由でアイテムボックスとお金の出し入れができることを確認し、大銅貨一枚しかないけど、これもアイテムボックスに収納しておいた。

あと取り出しの一覧の中に、女神フェルミエーナ様からの手紙が入っていた。なんでだ？

とりあえず十年間読んでなかったし、帰ってから読もうと後回しにした。


外での薬草採取依頼はついでで、本当は魔法の秘密訓練がしたかったのだ。いわゆるコソ練ってやつだね。

周辺警戒用に、ラノベでよくある魔力探知っていうのをやってみようと思い、魔力を周囲に放出し、エコーロケーションのような効果を期待したが、跳ね返りで地形はわかるのだが、魔力探知とか敵性勢力の反応とかは感じられなかった。切っ掛けはつかめたから、まだまだ練習が必要なようだ。

続けて魔力を纏《まと》って身体強化っていうのもやってみたが、こっちはゼロ歳からやっていた魔力操作のおかげで全身に纏う感触はできたが、戦闘訓練をしていない柔らか筋肉では効果が感じられなかった。こっちも要訓練だね。

魔力探知を何度も繰り返していたら動く物体を感じたので、人か魔物か目視するために水魔法で生み出した水球を平たいレンズ状に変化させて浮かせ、それを二つ直列に並べて望遠鏡のような状態にして覗《のぞ》き込んだら、遠くにホーンラビットが見えた。気づかれないようにこっそりと近づき、ひと思いに土魔法で仕留めた。

ボール状の土弾をぶつけたから傷跡がないため、土魔法で棒手裏剣状のものを作り血抜き用に首筋に穴を開ける。

ホーンラビットは前世のウサギ、フレミッシュジャイアントより大きく、襲われたら大人でも大《お》怪我《けが》をすることがある。一匹運ぶだけでも重労働だね。

人に仇《あだ》なす魔物といえど、生き物の命を奪う行為をした。

命を奪う拒否感みたいな感情が浮かび上がるかと思ったけど、遠くから仕留めたせいか「倒すべき脅威を倒した」としか思えなかった。

ただ、血が流れだしている姿を見たときは、ちょっと鼓動が速まったかも。グロ耐性はないかもしれない。

解体はギルドに任せよう、やり方も腹掻《か》っ捌《さば》いて皮を剝ぐ、くらいしか知らないし。

魔力探知や身体強化などの属性外魔法、いわゆる無属性魔法は魔力の消費量が多く、魔力枯渇の前兆を感じたので、ギルドに戻って精算を済ませた。

薬草一束千ゴルドと、ホーンラビットが解体手数料を引いても、魔石込みで一万五千ゴルドと高額になった。傷が少ない美品であるのと、食肉以外に角や毛皮も素材として有効活用ができるからだ。

午後からの成果としては十分だけど、東の草原での薬草採取は、ライバルが多すぎて諦めた方がよさそうだ。

養護施設に戻り食堂でフィールズとメイリアが一緒にいるのを見つけたから声をかける。

「フィールズ、Eランクに昇格したぞ」

「もう上がったの!?『おめでとう』」

「メイリアもありがとう。東の草原に行ったけど薬草採取の依頼は難しそうだった。そっちは？」

「ボクたちが受けていた依頼の、お屋敷の草むしりは終わったよ！」

「まだ見習いのままだから、もっと依頼を受けないといけないわ！」

俺が一足先にランクアップしたことに刺激を受けて、次の依頼に向けてやる気を見せる二人。

「そうなんだ。それじゃあ二人が昇格したら、一緒に外の依頼を受けよう」

と、次の約束を取りつける。その先に楽しみが待っているとわかれば、やる気も一層増すだろう。

俺との冒険が楽しみじゃなかったら悲しいけどねっ！

「ボクはいいよ。三人で冒険ができるね！」

「わたしも！」

俺の提案に二人は乗り気になって応えてくれた。これなら次の依頼も気合を入れて取り組みそうだ。きっと成功するに違いない。

「それまでに、薬草が探しやすい場所、見つけておくね」

「わかった、無理しないで」

「それじゃおやすみ」

「「おやすみ」」

寝る前にノーマンレイ施設長とカタリナに、冒険者の見習いが終わったことを報告し、装備や資金に目途がついたら、いずれ養護施設を出ることを告げた。

自室に――といっても寝床を確保しただけの相部屋だ――戻ると、周囲の子供たちに見られないようこっそりとシーツを被《かぶ》る。

アイテムボックスの雑草が萎《しお》れてないことを確認すると、時間停止ないし遅延効果があることを把握する。先ほどの雑草は再び収納し、数日後に改めて枯れているか確認をする予定だ。

ホーンラビットを一から二匹納品すれば、宿暮らしでも貯金のできる生活ができそうだし、アイテムボックスにストックも作れそうだから、雨天はお休みにしても問題なさそう。

「それよりも女神フェルミエーナ様からの手紙を確認しなくちゃ」

アイテムボックスから手紙を取り出し、シーツを被ったまま薄暗い中、目を凝らして文章を読む。

「やっほー転生者君、君の魂を私の神力《しんりき》で補ったらアイテムボックスが神域とつながっちゃったー。魔法に興味のある君が、すぐに属性を知りたいのなら、女神カードをアイテムボックスに送ることもできるわ」

十年経《た》ってやっと読む俺が言うのも何だけど……、今さら遅いよっ。

「神託を送る力はないけど、代わりにアイテムボックスを使って文通はできるから、私に用があるときは【フェルミエーナ】宛で手紙を書いてくれれば返事を送るね」

女神様と連絡がとれるなら、いざというときに頼りになるね。なんちゃって使徒を証明できる手段になるかも。

女神フェルミエーナ様の手紙はもう一通あった。

「生まれてすぐに会話が理解できるようになっていたのは偶然だから。食事の前後のお祈りは良かったわ！　神力《しんりき》の回復につながるからぜひ広めて。早々に使徒活動の実績ができたわね！　あとダ

ンジョンコアをよろしくねー」

と、簡潔に書かれていた。

手紙だと愚痴とか余計な話題を書かないみたいだ。愚痴九割の手紙が来たら読まずにヤギに食べさせるところだった。

というのも、神域で女神様から聞いた混沌神《こんとんしん》が蒔《ま》いたダンジョンの種だけど、この世界に漂う女神フェルミエーナ様の神力《しんりき》を吸収して急成長してダンジョンが芽吹き、コアが成長すると昇華し、混沌神の元に送られ眷属《けんぞく》となるそうだ。

コアの成長には内部で人が活動する必要があり、その行動や感情を学び取って成長していくらしい。

そのため、人を呼び込むために様々なお宝や資源を産出し、人に見つけてもらうために魔物を溢《あふ》れさせている。

勝手に神力《しんりき》を利用され、コアも混沌神の元に行くからフェルミエーナ様は怒っていたのだ。

そこで俺は成長しきる前にコアを横取りし、女神フェルミエーナ様の元に送って眷属にしたらどうかと提案していた。

俺が神域に紛れ込んだだけで、愚痴と雑談がすごかったしね。眷属作ってそいつとお喋《しゃべ》りすれば満足するんじゃないかなと。

神託降ろせれば、世界中の冒険者にコア集めをさせられるのに……

ちなみに混沌神は邪神かと思いきや善神の一柱で、フェルミエーナ様とも友達なのだそうだ。混乱を招くことをするが、普段は寝てばっかりで今もどこかで寝ているらしい。

さっそくフェルミエーナ様宛の手紙を書き、読むまで十年かかっていることを詫《わ》びた。

それにしても養護施設で始めた、食事の前後のお祈りは効果があったようで、女神様の神力《しんりき》回復一助になったようだ。名ばかりの使徒としては、これからも食前食後の祈りを広めていきたい。

四話　テイムモンスターと女神のご褒美

今日は特に予定もないし、フィールズたちと約束した、一緒に行く外の冒険の下見をしておこうと、道具を求めてギルドの売店に向かう。

ここは冒険者が必要とする道具がだいたい揃《そろ》っているし、保存食なんかも販売されている。

「こんにちは。東の草原の先に薬草採取に行くにはどんな道具が必要ですか？」

「東の林なら藪《やぶ》を切り開くのに鉈《なた》や手袋かな。予算はどれくらいある？」

「一万七千ゴルドです」

「それだと袋……は持っているのか。ならナイフとタオル数枚くらいしか買えないぞ」

「タオルが必要なんですか？」

「藪で肌を傷つけたときに血を拭《ぬぐ》ったり覆ったり、獲物を仕留めたときにロープ代わりに縛れるしな、あればいろいろ応用が利いて便利だぞ。ナイフと合わせて一万五千ゴルドだ」

「はい銀貨一枚と大銅貨五枚です」

「もっと体格が良ければ剣鉈《けんなた》渡して武器代わりにも使えたんだがな。あんたには重そうだ」

そう言って店番をしていたギルド職員は、俺の全身を上から下まで見わたして、筋力が足りないとずばり言い放つ。

くそう、ここでも身長のことを言われるのか。早く背を伸ばしたいが何をすればよいのやら。

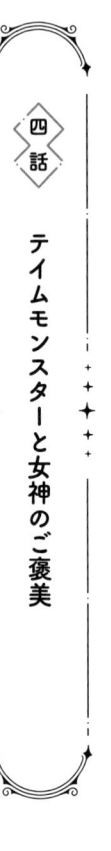

支払いを済ませて、品物を革袋に詰め込む。ナイフは大振りなやつだったから、気づかれないようこっそりとアイテムボックスに収納した。重いし普段は使わないしね。

タオルといっても織布技術が拙《つたな》いのかふわふわしてないやつで、ほぼ手拭《てぬぐ》いだった。ねじり鉢巻きとかに使えそうなやつで、説明通りにロープ代わりにも使えそうだった。

良い買い物ができたかはこの先の冒険で使う機会があったらわかる。楽しみだ。

東の草原にはちらほらといる薬草採取目的の冒険者を横目に、俺は草原の先の林に向かう。

ここからは魔物との遭遇が少しだけ増えるそうだが、さらに先の森や山まで行くと圧倒的に魔物に襲われることが多くなるらしい。一人でそんな奥まで行かないように気をつけないとな。

林の中に入ると空気が変わった気がした。

魔物がいる感覚なのか、重くピリついた空気感に自然と緊張が走る。

昨日やった魔力探知擬《もど》きを時折飛ばしながら警戒を強める。藪を開きつつ薬草を探すと手つかずの薬草を見つけることができ、十分育っていたので二十枚ほどの葉を入手できた。

一株見つけるだけで結構集められるのがわかりホクホクとしながら探索を再開すると、急速にこちらに近づいてくる何物かを魔力探知擬きで感知した。

背後から迫ってきて振り返るとすでに目前にホーンラビットがいた。

「キュッ！」

一声鳴いて角を突き立てようと飛びかかってきたので、必死で体を仰《の》け反《ぞ》り角は躱《かわ》したが、大きな図体《ずうたい》に弾《はじ》き飛ばされた。

「ぐっ……」

助走のついた体当たりは、小柄な俺との体格差が少ないのも相まって、予想以上の衝撃を食らって息が詰まる。

痛む体を無視して、追撃をかわすために横に転がりながら立ち上がる。

予想通り追撃してきたホーンラビットが、先ほどまで俺がいた場所を跳び抜けていく。

直後に着地を狙って土魔法を撃ったが外れてしまった。

着弾音に「ビクッ」と驚いたホーンラビットが一瞬身を竦《すく》めたところに土魔法を二度三度と放つ。

「キュウゥ……」

乱射したことが功を奏し動かなくなったホーンラビットにホッとするも、死亡が確定するまでは不用意に近づかず、血抜き用に首筋を狙った棒手裏剣の土魔法を飛ばす。

——ドスッ！

動かなくなった的《まと》を外すはずもなく、狙い通りの場所に突き刺さる。

「ふう。薬草採取に集中しすぎて、警戒を怠ったらダメだな」

背後から不意を突かれた戦闘で冷や汗をかき、戦闘の終わった今でも鼓動は高鳴っている。

倒した獲物の処理をするため、購入したタオルで後ろ脚を縛り、もう一枚を木に括《くく》りつけてタオル同士をつないでホーンラビットを吊《つ》るす。

近い距離で素早い魔物が襲ってくると、単発の土魔法じゃ動きに翻弄《ほんろう》されて対処が大変だった。ショットガンみたいに面攻撃ができる、散弾を飛ばす土魔法を習得しようと思った。

怪我《けが》はしなかったけど、湿った地面で転がったから泥まみれになったし、周囲に人がいないことを確認して、こっそり浄化《クリーン》で綺麗《きれい》にした。

光魔法は非表示にしてあるから、他人に見られないように慎重に使わないとね。

やるべきことを片付けて人心地ついたところで、今さらながら膝が震えだした。

遠くから仕留めたときと違い、自分の身すら危険に晒《さら》した命のやり取りはさすがに来るものがある。膝が落ち着くまで相当時間がかかった。

血のにおいで魔物が寄ってきても困るし、獲物を抱えていては探索がしにくい。

こまめに魔力探知で周辺を探り、安全を確保しながら林を出る。張り詰めていた緊張を解くように「ふぅ～」と長い息を一つ吐く。まだ安全が保証された街中ではないことを再認識するも、草原で薬草を採取する他の冒険者を目にして安堵《あんど》しかける。

これではいけないと緩みかかった気を引き締め直し、無理せずこのまま街に戻った。

ホーンラビットの戦う意思、呼吸、気配――命を肌で感じたせいか、地形しかわからなかった魔力探知擬きで魔力を感じられるようになり、地形と命あるものが区別できるようになった。

命懸けの戦闘を何度もやりたくはないけど、今回はやった甲斐《かい》があったというものだ。

草原で薬草採取する冒険者を見ながら街に向かうと、移動している間にクールダウンできたのか鼓動も収まり落ち着いてくる。

俺は近接戦闘に向いてないかも。でき得る限り魔物が近づく前に察知して、近接戦闘は避けるようにしようと心に誓った。後衛魔術師が俺のポジションだな。


「薬草とホーンラビットの買い取りお願いします」

薬草二束を買い取りカウンターに座っている査定のおじさんに渡す。昼間だとさすがに冒険者も出払っており、カウンターに人気《ひとけ》もない。

「解体してないホーンラビットは解体場で査定だぞ、裏に持っていけ」

冒険の成果を抱えていた俺は、言われるままギルドの裏手に回り、訓練場の先にある解体場へと足を運ぶ。

解体場の職員に査定を受けると「打撲痕が多いから八千ゴルドだな」と、前回より低い値がついた査定用紙を渡された。それを受け取りロビーに戻ると、買い取りカウンターで薬草と合わせて一万ゴルドの精算を済ませる。

近くにいるホーンラビットに対し、あっち行けと言わんばかりに乱射をしたのが悪かった。あちらこちらに打撲の痕跡が残るのも仕方がない。

打撲痕はいわゆる内出血だ。肉の中に血液が流出している状態で、血抜きをしても血が残り、肉が臭くなるから通常よりも買い取り査定が下がるのは避けられない。

命懸けの狩りをした結果を低く査定されるのは悔しいけど、倒し方が悪かったのだから甘んじて受け入れよう。

午前の成果で銀貨一枚。悪くはないが、これが続くようでは装備を整える余裕もない。

「もう一度林に行く気がしないし、とりあえずお昼にするか」

昨日紹介したサーリナやスキラの様子も見たいし、角《つの》ウサギ亭《てい》に向かう。


「こんにちは、お昼を頼める？」

「あっ、エルさん来たんですね。肉と野菜の定食どっちにしますか？」

角ウサギ亭に入るとツーリアちゃんが笑顔で俺を出迎えてくれる。

顔色も良さそうだし、翌日に疲れが残るほどの忙しさは解消されたようだ。

「肉をお願い、サーリナとスキラはよく働いている？」

「お肉ですね、あちらのテーブルでお待ちください。二人とも働き者ですっごく助かっていますよ！　エルさんありがとうございます！」

「そうなんだ、紹介した甲斐があったよ」

ふわりと笑うツーリアちゃんは、新戦力の加入を喜んでいるようで、紹介した俺としても二人が活躍していて嬉しい。

しばらく待つとサーリナが料理を手に、笑みを浮かべて近づいてきた。

「おまたせしました肉定食です、ってエルの注文だったのね。愛想笑いを浮かべて損したわ」

「ありがとう。そこまで言わなくてもいいと思うけど、サーリナの調子はどう？　職場には慣れた？」

少し考え込む仕草を見せてから、普段の素顔を見せて口を開く。

「ここの職場は働きやすいかも。仕事は忙しいけど賄いは美味《おい》しいし、夜までの間に休憩時間もくれるしね」

「そうなんだ。正式採用されるといいね」

「うん。紹介してくれてありがとう！」

「スキラもそんな感じ？」

「そうだよ。エルに感謝しているみたいっ」

と、まぶしい笑顔で給仕に戻る。

出された肉料理はステーキで、さすがにハンバーグは提供してないか売り切れのようだ。

まだ湯気の上がる焼きたてのステーキにナイフを入れてみると、スッとナイフが入り肉の柔らかさがうかがえる。すると切れ目から肉汁が流れ出し、断面の中央に赤みを残した絶妙な焼き加減で、柔らかい食感と口に広がる肉汁からうま味が溢《あふ》れ出す。トロっと粘るソースの甘みもステーキに合って食欲をそそられた。

美味しいものを食べると幸せな気持ちになる。ホーンラビットと死闘を繰り広げたのを、忘れさせてくれそうだ。

酒場でエールをあおりながら、どんな魔物を倒しただとかの冒険譚《たん》を語らう奴らも、こんな気持ちになっているのだろうか？

魔物に恐怖を覚えたら冒険者を諦めないといけないしね。

肉のうま味が口の中に残っているうちにパンを齧《かじ》ると、口内調味されてパンの味わいも一層深まる。それで口の中に残る味がリセットされ、初めて食べるかのような気持ちでまたステーキ美味しく頰張《ほおば》る。パンとステーキを無限ループしていつまでも食べていたくなる美味しさだ。

「エルさん、お父さんの料理は美味しい？」

「チェスターさんの料理はやっぱり美味しいなって、ちょうど思っていたところだよ」

俺の感情を読んだかのように、タイミングよく声をかけてきたツーリアちゃん。俺の回答を聞いて誇らしげに笑っていた。

「料理したのはチェスターさんだよね？」

「ふふっ、内緒です」

「思わせぶりだなぁ」

サラダを盛るのを手伝ったとか？

あっという間に完食し、料金を支払い鍛冶屋《かじ》に向かう。

三日後に来てくれと言われていたけど、初めて作るものだから気になっていたのだ。

「こんにちは。ゴッダードさんいますか？」

「おう、角ウサギ亭の使いの奴か。新しいものに挑戦するのはわくわくするな」

楽しそうに話すゴッダードさん。心底鍛冶が好きなのだろう、難しい製品に挑戦するのが生き甲斐なのかもしれない。

「大方出来たから不都合がないか見てくれ」

もう出来ているらしい。なんとも仕事の早いこと。

「確認しますね。少し動かします」

接客用のカウンターに置かれた試作品に触れてみる。

ハンドルを回してみるとスムーズに回り、内部構造を様々な角度から確認しても、およそ上手《うま》く稼働しているようなので、ミンチ肉を作るテストをお願いする。

変な隙間《すきま》から肉がはみ出したら困るしね。

「肉持ってくるから待っていてくれ」

ゴッダードさんが肉を取りに行っている間に、こっそり浄化《クリーン》と湧水《ウォーター》をかけ、水洗いを済ませたように見せかけておく。

「洗っておきましたから、そのままお肉を入れましょう」

肉を入れ動かしてみると、スクリューに押し出されカッターで刻まれたミンチ肉が出てきた。途中でソーセージ用のアタッチメントに替えても問題なく稼働した。

「部品の接合部分の隙間から、お肉がはみ出したりしていないですし、予定通りミンチ肉も出来ていますから完璧な仕上がりですね」

持ち上げ気味に感想を伝えると、嬉しそうに頬《ほお》を緩ませているんだろうが、強面《こわもて》筋肉だから睨《にら》みつけてきているようにしか見えない……

「もう一個の方も出来ているぞ」

「ありがとうございます。これは野菜の皮むきに使うやつなので野菜はありませんか？」

今度は野菜を取りに行っている間に、いま使ったミンサーに浄化《クリーン》と湧水《ウォーター》をかけておく。

ほどなくして戻ったゴッダードさんから、受け取った野菜でピーラーを試してみると、刃の滑りは良いが野菜の曲線に対応できてないので、刃の角度が自然と変わるよう、持ち手と刃の固定部分に遊びをつけてもらいもう一度試す。

すると、野菜の皮はスルスルと無駄なく綺麗に剥《む》けていき、満足のいく出来に仕上がった。

「今度は大丈夫ですね。曲面に合わせて刃が動いてスムーズに剥けます」

「この道具は料理に使うんだろ、どんな料理になるんだ？」

「お昼も過ぎていますし、角ウサギ亭で作ってもらいましょうか」

「昼飯もまだだし、店は弟子に任せて食いに行くぞ」

ゴッダードさんを連れ、勝手知ったる我が家のように、水瓶《みずがめ》の置いてある裏口から角ウサギ亭の厨房《ちゅうぼう》に入り声をかける。

「こんにちは。調理器具持ってきましたよ」

「邪魔するぞ」

「ゴッダードさん、どうしたんですかっ」

裏口すぐの調理台で、ショーナとソーニエともう一人の女性が、賄いの食事にハンバーグを食べていた。

予期せぬ来訪者の登場に、厨房にいた人たちの視線が一手に集まる。

「おう、ターニャか元気になったみたいだな」

知らない女性はチェスターさんの奥さんでターニャさんだったみたい。

「チェスターの料理を食べて元気が出ましたわ」

薄い水色の髪をしたターニャさんがやさしく微笑《ほほえ》む。

元から食欲もあったし、精のつくものを食べて元気を取り戻したようだ。みんなが心配していたし、元気な姿を見れば安心できる。

「この調理器具で作るミンチ肉の料理を作ってくれっ！」

「チェスターを呼ぶわ。あなた！　ゴッダードさんが調理器具を持ってきてくれたわ」

「おお、もう出来たのか！　こっちはまだ手を離せねえ。テト、代わりに使い方を聞いてミンチ肉を作ってくれ！」

「わかったよ父さん。エルさん使い方を教えてください」

「この上からお肉を入れて、ハンドルを回すとミンチ肉がここから出るから、ボウルかお皿で受け止めてね」

テトが早速ミンチ肉を作っていると。

「少し動いちゃいますね。それにハンドルを回すとき本体を支えてないといけないから、お肉の継ぎ足しがやりにくいですね」

「そうか……」

「ゴッダードさん。万力みたいなのを付けて、テーブルの端に固定できるようにしましょう」

「今の台座に穴を開けて、ボルトで万力を付け足そう」

ゴッダード鍛冶店での試運転では、肉を継ぎ足すほど使用していないからわからなかったが、実際の現場ではそこに不都合が発生した。

少々落ち込んでいると、ゴッダードさんはこの程度の問題は当たり前だと思っているのか、早々に改善策を話し合っていた。

今のうちにショーナにピーラーを渡し、使い方を説明しておく。

テトは出来たミンチ肉をチェスターさんに渡し、ハンバーグの調理に入ってもらう。

「エルさん。この使ってない部品はなんですか？」

「それはミンチ肉の腸詰《ちょうづめ》を作るときに使うパーツだよ。お肉が出るところに付けるんだ」

「腸の中にミンチ肉を入れるんですか？」

「そうそう、腸の皮がパリっとして食べやすくていいよ。燻製《くんせい》にすると茹《ゆ》でても焼いても美味しいよ」

「エルさん！　それの作り方を教えてください！　あと燻製って何ですか！」

調理器具関連の話題が出ると、テトは一気に食いつく。

テトはチェスターさんの下で学ぶ料理男子ではあるが、調理器具男子でもあるようだ。

「一晩塩抜きをした腸をそのパーツの筒部分に通して、ミンチ肉を中に詰めたら、食べやすい長さで捻《ひね》って煙で燻《いぶ》すんだけど、燻製器はないよね？」

ソーセージの手順をざっと説明する。

ハーブを混ぜたりとか味付けもいろいろあるけど、この街で手に入る調味料を把握していないから余計な口を挟まず、天才料理人のチェスターさんにお任せしよう。

「エルさん！　燻製器ってなんですか!?　でもとりあえず注文します！　それとみじん切りの調理器具もあったらお願いしますよ！　他にも便利そうな調理器具あったらお願いします！」

熱意をもって迫ってくるテト君。ミンサーを見て、他にも便利なものがあるなら使いたいと感じたのだろう。

「いやそんなに勝手に注文して大丈夫なの？」

チェスターさんの息子とはいえ、俺とそれほど年の差がないテト君が、勝手に判断してもいいのだろうかと返答に困る。

「お母さん！　このままじゃ本当に大変なんです！　調理器具頼んでいいですよね！」

「わかったわ。チェスターもテトもこれまでがんばっていたし、おかげで借金も返し終えて余裕もあるわ。少しくらいなら大丈夫よ」

テト君、完全にミンチ肉とみじん切りがトラウマになっているよね。

チェスターさんの代で食堂に改装する計画が上がったが、資金が不足していてお店を担保に借金を少しだけしたそうだ。

借金があったから家族で力を合わせてお店を回していたが、借金の完済と共に従業員を雇うつもりが、忙しくなりすぎて人手を増やすための時間も取れなかったらしい。それもあって五人前くらい働いていたターニャさんに無理がかかり、過労で倒れてしまったそうだ。

なので、仕事覚えと相性を見て、一週間ほどしたら四人とも正式採用するつもりなんだって。

朝早いからショーナとソーニエは夕方に帰して、サーリナとスキラは昼前から仕事に入り、夜の食堂が終わってから、チェスターさんが養護施設に送っていく形になったみたい。

女の子に優しい職場で安心だね！

ターニャさんは全体の監督と、会計を行うそうだ。頭を使う大事な仕事だから、疲れた身体でやらせては間違いが起きる。

今まで働きすぎだったから、体を労《いたわ》ってください。

「とりあえず調理器具はゴッダードさんに相談しとくね。出来上がったらまた来るよ」

料理マニアのチェスターさんに、調理器具マニアのテト君なんだろうか。

途中、ゴッダードさんの「うーまーいーぞー！」の叫び声が聞こえてたけど、食事が終わったところで、一緒に鍛冶屋に戻る。

女神フェルミエーナside

私の神域に迷い込んだ魂を地上に送り込んでから、地上の様子を確認するのが日課のようになっている。

「というより、本来は地上の管理は創造神としての義務なのだけど、神力《しんりき》が著しく低下してからはサボっていたのよね」

ヘイムラムの任意の場所を自由に見ることができる壁《モニター》を操り、私の力の欠片《エル》を捜索し現在地を映し出す。

「どんな様子かしら？」

白く清潔な衣装を身に着けた男がフライパンを振る姿が映っていた。どうやら、どこかのお店の厨房《ちゅうぼう》のいるようで、忙しそうに調理をしている様子がうかがえる。

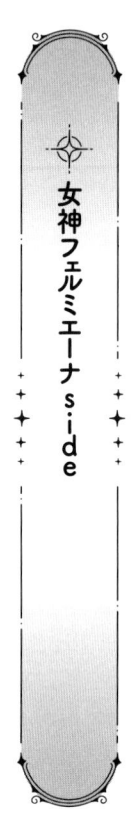

「エルくんはどこかなー？」

厨房内を探ると食事をしている四人の姿が映る。そのうちの男性が一人が『うーまーいーぞー！』と叫び声を上げていた。

予想外に大きな声を突如聴かされ、反射的にビクッと身体が跳ねる。

「急に咆哮《ほうこう》するだなんて、本当に人間かしら？」

人よりも筋肉質な身体つきをしているけどこれといった特別なところはなく、ごく一般的な人間の食事風景にしか見えない。

観察してみると、丸っこい塊をフォークで押さえながらナイフで一口大に切り分け、フォークに刺さった欠片《かけら》を口に運んでいた。

どうやら肉料理を食べてその味に感動し、思わず声が出てしまったようだ。

「あれはそんなに美味《おい》しい料理なのかしら？　気になるわね……。ああもう、どうしてこの壁《モニター》は声は聞こえるのに味や匂いは伝わってこないのかしら！」

そんな臨場感のある壁だったら、嵐の風景を見たときに風雨にさらされ、私の神域が水浸しになってしまうわね。もちろん私もずぶ濡《ぬ》れになるわ。

「美味しそうな匂いを嗅げないのは、仕方《仕様》のないことだと諦めましょう」

自らが造りだした神域であっても、神力《しんりき》の低下によりある程度の制限があることは理解している。

だが、地上の人々の嬉しそうな様子を見ていると、女神フェルミエーナ自身も同じ喜びを味わいたくもなる。

地上の人々から女神フェルミエーナへの信仰心が薄れて以降、滅多にお供え物がなされないこの神域。

ごく稀《まれ》に地上にある女神神殿へ、来年の豊穣《ほうじょう》と今年の豊作を祝う人々から、みかんと煎餅が神への供物として捧《ささ》げられる。

それを食すことで女神フェルミエーナは欲求を紛らわせていたが、いつもいつも同じものばかりで、さすがに飽きがきているのも事実だ。

そんな中、女神の知らない食べ物が目の前にあり、それを美味しそうに食べる食事風景が映ったものだから、女神フェルミエーナも食べてみたくて堪《たま》らなくなる。

「すごく気になるけど、今は人探しよね！　それでエルくんは……いた！」

欲望を振り切りエルを見つけると、お肉をよくわからない機械に入れて何やらやっている姿が見える。

会話を聞いて情報を探ると、先ほど叫んだ男が食べている料理はエルくんが教えたハンバーグというらしい。そしてミンチ肉の腸詰でできるのがソーセージというらしい。

ソーセージはまだ見ていないけど、その場にいる人間が食べているハンバーグは、女神フェルミエーナの目から見てもとても美味しそうに映っていた。

「私もハンバーグを食べてみたい！　できればソーセージも！」

このところ百年以上、お供え物はみかんと煎餅しか口にしていない。

そもそも神である女神フェルミエーナは、人間のように食べ物を口にしなくても死ぬことはないし必要ない。ただしヘイムラムに住まう人々の信仰心に影響を受けて神力《しんりき》が強化されることはある。

「神力《しんりき》を使えば地上に生み出されたものを作ることはできるけど……。今のか細い力では無駄遣いはできないのよね……」

条件が揃えば少量の神力《しんりき》で作り出すこともできるが、残念ながら今は条件が合わない。

それに、料理を食べるのは女神フェルミエーナの個人的な嗜好《しこう》に過ぎず、神力《しんりき》の無駄遣いでもある。

さすがにそこは自重する女神フェルミエーナであった。

「エルくんの前世風にいえば、詳細なデータ《お供え物》がないから3Dプリンタ《神力》で複製できないのよね。……ハァ」

ゴッダードが美味しそうに食べる料理を目の当たりにしながらも、お預けを食らいため息をつく女神フェルミエーナ。

「そうだ。神託を降ろす力はないけど、エルくんに連絡を取ることはできるわね！」

エルの魂に刻まれたアイテムボックスがこの神域とつながっていることを思い出し、こちらから手紙を送ろうと考える女神フェルミエーナ。

いそいそと炬燵《こたつ》に座り込み、神力《しんりき》を行使して紙とペンを用意し手紙を書き始める。

「まだ成人もしていないエルくんに供物を要求するのは人として、いえ、神として間違っているわよね……」

神の子供たち《ヘイムラムにすまう人々》に供物を要求するならともかく、さすがに成人すらしていない本当の子供であるエルにお願いするのは間違っていると思い至り、ペンを動かす手を止める。

「大人のあなたたちが私にお供えをしなさーい!!」

女神フェルミエーナは壁越《モニター》しに叫ぶも、【女神のご褒美】に【神託】を授かっていない者に神の声は届くはずもない。

そもそも発現する条件を満たしていない者には、いくら魔力を鍛えようとも女神のご褒美で【神託】を授かることは絶対にない。

その条件が備わっている者は、銀髪を生やしており大半が王族となっていることが多い。

いくら声を上げようとも、地上の調理場で料理の腕を振るうチェスターには、神域で暮らす女神フェルミエーナの要求は届きようがない。


「もう、どうしたらいいのー!?」

ハンバーグとソーセージを食べてみたい女神フェルミエーナの切実な叫びは、他には誰もいない神域に空《むな》しく響き渡るだけであった。

「そんで、あの調理器具は特許出願していいか？　それと皮むきのやつは実用新案を出したい」

「何ですかそれ？」

「賢王の時代に、新しく作った画期的なものは、開発者の名誉をたたえて、開発者以外が作る場合に一つ作るごとに特許料を支払うことになっているんだ。実用新案の場合は一度アイデア料を払うと他の店でも恒久的に作ることができるようになる」

「へえー、そんな仕組みになっているんですね」

中世のような剣と魔法の世界で、そんな近代的な仕組みが法律化されているなんて不思議だけど、仕組みを作った犯人は大体想像がつく。


完全に前世の特許パクリじゃん！　エロ大王何やってんのっ

やっぱエロ大王は、日本からの転生者の線が濃厚だ。

「実用新案の取り分は全部お前さんでいいが、特許の方は儂《わし》と折半でいいか？」

「かまいませんよ。そんな仕組みがあるのすら知りませんでしたし」

「よっしゃ！　申請手数料はこちらで払うから、商業ギルドに口座作っとけ」

女神カードと連携した口座管理をする女神謹製のアイテムがあるらしく、大きくお金を取り扱う商業ギルドと冒険者ギルドで口座開設でき、どちらで作っても連携しているそうだ。

さすが過保護な女神、人に便利なものをどんどん提供してくれているなあ。

「まあ、お前ひとりで行くと商業ギルドじゃ相手にされないか……今から行くぞ！」

「わかりました」

強面《こわもて》のゴッダードさんが付き添っていたからか、軽くあしらわれることもなく、無事口座を開設できた。

ついでにゴッダードさんは商業ギルドマスターに面会の約束を取りつけていた。

特許申請の話があるのだろう。そっちはゴッダードさんにお任せだ。


用件を済ませ、商業ギルドから戻る道すがら、隣を歩くゴッダードさんから質問が出た。

「ボウズ、あのミンチ肉の器具はなんて言うんだ？」

「ミンサーです、皮むきはピーラー」

「わかった。そんでテトの言っていたみじん切りの器具はどんなやつだ」

前世の知識に、紐《ひも》を引っ張ると刃が回転してみじん切りができるやつがあったことを思い出し、紐をハンドルに変え刃の回転軸とギア比で回転速度を上げ、全体を大きくすれば業務用になるかと思い、大体の図を描く。

あとは、ほぼ木箱の燻製《くんせい》器とカンナをひっくり返した形状のスライサーにうどんマシン、卵が滅多に手に入らないからパスタが作れず、うどんになりそうだからその名前だ。

さらにタジン鍋、無水調理鍋、圧力鍋を製作難易度順に作るよう指定しておく。どれだけ密閉できるかが重要で精度の高い構造が大切だからね。

計量カップにオメガヴィスペンとかパスタフォーク……うどんフォークになるかな？　補助器具

なども まとめて追加しておく。

「燻製器はほぼ木箱だな。家具屋とか大工に頼んでもいいか？」

「中で火を焚《た》くのでいい木材だと勿体《もったい》ないですし、大工の方がいいかも。本格的にやるなら耐熱煉《れん》瓦《が》とかでしっかり作った方がいいです。あと香りのいい木材の端切れとかも貰《もら》ってください」

「また数日したら見に来てくれ。簡単そうなやつは弟子に作らせるから、すぐ作れると思うぞ」

「わかりました」

「特許申請とか実用新案とかは一切合切こっちでやっとくからよ。アイデア料が欲しいわけじゃないけど、申請せずにいると、うちが作ったのを見て真似した奴に申請されると後々面倒だからな」

「ありがとうございます。そのあたりはわからないのでお任せします。それではまた来ますね」

「おうっ」

夕方養護施設に戻ると、フィールズたちがすごく嬉しそうにしていた。

「ただいま。何かいいことあった？」

「ボクたち、見習い卒業したよ！」

「おお、おめでとう！」

「「ありがとう」」

祝福の言葉を告げると、二人は花が咲いたように顔をほころばせていた。

「それじゃ外の依頼一緒に受ける？」

「うんボクやりたいっ」

「常設依頼の薬草採取か討伐か、ギルドの掲示板を見て決めるかだね」

「ボク武器ないから……薬草採取かな」

「それならギルドに寄らなくていいから、朝早めに出て他の冒険者より先に草原に向かおう」

薬草採取の注意点を二人に説明しておく。


翌朝、門が開放されると共に、東門を抜け草原に向かう。

「ボク、街の外初めて」

「わたしもっ」

「数が少ないとはいえ、魔物がいるから油断しないようにね」

薬草採取に集中しすぎて、後ろからホーンラビットに襲われた経験を話しておく。

あれは恐怖体験だったな……

「草原を見渡せば、頭一つ伸びている草が見えるだろ。あれが薬草だからすぐ見つけられるよ」

「わかった。探してみる！」

「見つけやすそうね」

革袋から出す振りして、こっそりアイテムボックスから見本用の薬草を出す。

「こんな感じの葉っぱを集めて十枚ずつで出すんだよ。小さいのは残してね」

「これが薬草なんだ……」

「フィールズ、探しに行こっ」

二人は薬草の葉をじっくり観察してから、楽しそうに探し始めた。

「うーん。薬草はすぐ見つかるけど、取れる葉は少ないね」

「この辺はEランク冒険者がみんな来るしね」

薬草は二人に任せて、俺は後ろから魔力探知で索敵しながら付いていく。

「エル。ぜんぜん取れないから、別れて探そうよ」

「仕方ないか。せめて二人は一緒に探していて」

「わかった。そうするよ」

「わたしもそれでいいよ」

「フィールズは危ないと思ったら生活魔法使いなよ。でも枯れ草とかが燃えないように着火《ファイア》は禁止な」

「火以外は練習してないけど、いざというときは使うね」

「気をつけて探すんだぞ」

「エルも気をつけてね」

「お昼前にはまた集まろう」

念のため、お守り代わりにフィールズにナイフを渡しておく。

フィールズたちと別行動をとる俺は、魔力探知の訓練も兼ねて、魔物の多い林の方で薬草を探すことにする。

魔物を探せなきゃ効果がわからないからね。

藪《やぶ》をかき分けながら、日当たりの良さそうなところで、時折魔力探知をかけて周辺の魔物を探し、危険がないか安全確認を怠らないよう気をつける。

離れたところに魔物を感知したけど、同時に見つけた薬草の採取をする。

昨日の失敗を考慮し、採取中も周辺を警戒する。

手付かずの薬草一株で二十枚少々の葉が取れた。


接近戦は無理！　ダメ絶対！


先ほど見つけた魔物に気づかれないよう、慎重に近づきながら目視できる位置に移動する。

結構近づいてみたけどホーンラビット自身の索敵範囲はそこまで広いわけじゃないみたいで、長い耳があるのに役に立ってないようだ。

気づかれていないうちに土魔法で仕留めて血抜きをする。

荷物が増えたから一度合流しに行こう。

「きゃあぁぁっ！」

メイリアの悲鳴が！　草原の方からだ！

荷物をアイテムボックスに収納して、身軽になった俺は二人の元に急ぐ。

「フィールズ！　フィールズ！」

足を押さえ倒れるフィールズと、涙を流し必死に声をかけるメイリアの姿が見えた。

近くには角に血が付いたホーンラビットも倒れており、致命傷を受けているのか小刻みに痙攣《けいれん》している。

「フィールズ、無事かっ」

「あ、足が……」

「怪我《けが》をしたとこを見せてくれ」

傷口からずらす手も、痛みで弱々しく震えている。

出血もかなりしているようで、ズボンが血を吸っている範囲も広い。

二人が見てないうちにアイテムボックスからタオルを取り出す。傷口を押さえる用と血管を押さえる用に二枚準備した。

縛ろうと準備しているところで「あっ」っと光魔法があるのを思い出し、傷口が治るイメージをして回復《ヒール》をかける。

俺も慌てていたんだな。回復魔法に思い至らず前世知識で応急手当てをしようとしていたし……

「痛みはどうだ？」

「もう痛くないよ」

「足を動かして違和感とかは」

「それも大丈夫」

フィールズに声をかけつつ、こっそりとアイテムボックスに収納していた荷物とホーンラビットを取り出しておく。

「浄化《クリーン》もかけるぞ」

「ありがとう」

「メイリアは怪我してないか？」

「わたしは大丈夫、フィールズがかばってくれたから……」

フィールズの怪我が治ったからか、安心したメイリアも涙が収まったようだ。

「どういう状況だったんだ？」

「薬草探して移動していたら、急にガサガサって音がしたと思ったら、茂みからホーンラビットが跳び出してきたの。突然のことに動けなかったわたしを、フィールズが前に出てかばってくれたんだけど、足に角を突き立てられたのを見て、わたしは必死に土魔法を放ったわ」

先ほどの恐怖を思い出しているのか、メイリアは瞳を潤ませながらも健気《けなげ》に説明をする。

昨日は一息ついたときに襲われたから、慌てて魔力探知をして周囲を警戒すると、四つの魔力を周囲に探知した。


俺とフィールズ、メイリアの三人と……魔物？

メイリアが仕留めたやつ、まだ生きている!?


「おいっ。メイリアが倒したホーンラビット、まだ息があるぞっ」

「えっ」

「止《とど》めを刺すぞ！」

「やめて！」

「なに？」

「止めを刺すのは待って……」

「でも魔物を放置するわけには……」

「それでも待ってほしいの」

先ほどまでの涙ぐんでいた姿はなく、強い意志を持ってメイリアは懇願していた。真剣な表情の中にも瞳に力が籠《こも》っている。

命を奪うことに対しての拒否感……かな？

戦争に参加した人でも、敵に銃を向けられず明後日《あさって》の方向に撃つ、良心的な兵役拒否者っていう人も多かったらしく、無理に殺人を犯させればＰＴＳＤに陥る。

メイリアはまだ十歳。これから先の長い人生で、ここで無理をさせてトラウマを植え付けるわけにはいかないか。

「わかった。メイリアはどうしたい？」

「このまま見逃したい」

「見逃しても、このままじゃ苦痛にまみれたまま死んでいくよ」

「じゃあ、治してから逃がす……」

「まあ、そうするしかないか。けど治した途端に襲ってきたら、反撃することはわかってくれよ」

「……うん」

「フィールズにまた怪我してほしくないだろ」

「わかったわ。その時は納得するよ」

フィールズを引き合いに出すのは卑怯《ひきょう》だったか。

だけど、俺だって二人に怪我をしてほしくはないからね。ここは譲れない一線だ。

「暴れないように、俺とフィールズで押さえるから、メイリアが治療してくれ」

ホーンラビットの手足を縛って俺が押さえ、頭をフィールズが押さえた。

「メイリア、いいぞ」

「いくよっ、回復《ヒール》！」

メイリアの回復《ヒール》の魔力に包まれ、怪我が治癒していく。

ホーンラビットの痙攣は収まったが、まだぐったりとしたままだ。

「重傷だったから回復《ヒール》一回じゃ足らないぞ」

「うん、もう一回回復《ヒール》！」

何度か回復《ヒール》を重ねると、ホーンラビットが仄《ほの》かに輝く。

「呼吸が安定してきたみたいだぞ、峠は越えた」

機会があったら言ってみたいセリフってやつだね。

「もう一、二回やったら弱っているうちに逃がそうか」

「わかったわ、回復《ヒール》！」

回復《ヒール》の魔力で全身が仄かに輝いていたが、突然ホーンラビットの頭部に光が集中してきた。

「エル。なんか額に光る模様が出てきたよ！」

「メイリア。回復《ヒール》は一旦《いったん》止めようか」

「うん」

「多分、テイムされたんだ。額の文様はテイムの証《あかし》」

「そうなの？」

「うーん。ホーンラビットを気絶させたのはメイリアだし【負けを認めた】のかな？」

手足の拘束を外し、フィールズにも押さえていた頭を解放させる。

「これで命を奪わなくてもよくなったよ」

「よかった……」

「回復魔法は消費魔量が多いし、連発もしたけど魔力量は大丈夫か？」

「だいぶ減ったけど、枯渇まではまだありそう」

しかし、メイリアに球体を飛ばす魔法しか教えていなくてよかった。不可抗力ならともかく自分の意志で命を奪わせていたら、間違いなくトラウマになっていたと思う。

「このホーンラビット連れていくしかないし、小汚いから浄化《クリーン》していい？」

野外で生活していたホーンラビットは毛並みも埃《ほこり》や油でべったりとしていて、毛色も薄汚れた色合いをしている。

「わたしがテイムしたんだし、わたしがかけるわ。浄化《クリーン》」

浄化《クリーン》の光に包まれると全身の汚れが取れていき、べたっとしていた毛並みも綿毛のようにふんわりとして、スマートな体形だったホーンラビットも、まるで前世のアンゴラウサギのように毛玉状に変化していった。

心なしかホーンラビットのサイズが縮んだ気がする。なんでだ？

もっふもふやないかーい！

「ホーンラビットどうしようか？」

「とりあえず名前付けたら？」

眉を寄せて迷いを見せるメイリアに、名付けを提案する。

「うん、どんな名前がいいかな」

「アンとかゴラとか、ふわふわだし」

「ボク、ウサオがいいと思う！」

怪我が治ったばかりだというのに、もうフィールズは元気そうだ。

でも、後遺症とか、怪我での恐怖とかがなさそうで安心した。

「じゃあ、ウサオにするわ」

フィールズの考えた名前に微笑《ほほえ》みを返すメイリア。

性別確認してないけど大丈夫か？

相変わらずフィールズにべったりだな、というかイエスマンになっているし。

さっきの戦闘で吊《つ》り橋効果が高まったか？

「それにしてもフィールズは、ナイフも生活魔法も使わなかったの？」

「咄嗟《とっさ》でナイフも抜けなかったし、着火《ファイア》を使ったらダメだったから、どれを使おうか迷っているうちに攻撃受けちゃったんだ……」

顔を俯《うつむ》けて気落ちしているフィールズ。

「やっぱり誰かに戦闘訓練受けないと、いざというとき動けないね」

魔力が枯渇するまで魔法の練習をしていたメイリアは咄嗟に動けて、近接戦闘の練習をしてないフィールズはもたついていたというように、練習の差が出ているしね。

とりあえず意識を失っているうちに……

「メイリア。ウサオを撫《な》でてもいい？」

「いいわよ」

許可をもらって早速撫で始めるのだが、触れた毛先も柔らかくて撫で心地も抜群だ！

ふんわり受け止められた毛立ちに手を押し込むと、どこまでも沈み込みそうな柔らかな反発感、肌触りも優しくリラックスしそうな気持ちよさ。お腹に顔を埋《うず》めたくなる衝動に駆られそう。

「キュウゥ」

撫でた刺激で意識を取り戻したらしく、ホーンラビットは小さく鳴いた。

「君の名前はこれからウサオだよ」

「キュッ」

ウサオの頭をやさしく撫《な》でながらメイリアが告げ、ウサオはメイリアの足元に頭を擦《こす》りつける。

襲いかかってこないし、完全にテイムされている。

「薬草も採取は終わりにして、魔物を探してみよう」

メイリアは十分魔法を使えているけど、フィールズに魔物と戦う自信をつけさせたいし、連携を意識した戦い方も必要だろう。

「魔物を見つけたら、メイリアの魔法で弱らせてフィールズが近づいて止めを刺す感じでやれば、比較的安全に戦えると思うし」

「やってみるよ。ボクさっき全然戦えなかったし、魔物倒してみたい！」

フィールズはやる気を見せ、メイリアは複雑な表情を一瞬浮かべたが、フィールズに寄り添い笑顔を浮かべた。

自分の感情より、フィールズのやる気を応援したい感情が勝っているようだ。メイリアらしいな。

魔力感知でホーンラビットの魔力を見つけ、「あっちの方に探しに行こう」と二人と一匹を魔物へ誘導する。

「キュッ！」

立てた耳を左右に動かしているウサオが魔物に気づいたみたいで、一鳴きして魔物がいる方向を角で指し示す。

テイムしたホーンラビットの方が、俺たちの目視より索敵範囲が広いらしく、先にウサオが魔物を発見した。

「魔物が近くにいるみたいよ。ウサオがそう言っている気がするわ」

テイムでつながっていると、何かしら感情を受け取れるみたいだね。

魔力探知で事前にわかっていたけど、ウサオは索敵できるみたいだし、二人の野外での活動も安心できそうだ。

メイリアが魔法を撃てる距離までそろりそろりと近づいたら、フィールズはナイフを構えメイリアは土魔法を放つ。

初弾が命中したが致命傷には程遠く、ホーンラビットはこちらに向き直り、一直線に駆けてきた。

メイリアが何発か土魔法を放ち、魔物の突進が弱まってきたとこで、フィールズが駆け出してナイフを一閃《いっせん》し首筋を切りつける。

腰の引けた一撃は浅く入り、出血は大きいがホーンラビットの戦意はまだ落ちていない。

一旦距離を取り、魔物の動きを見極める。

攻め込む切っ掛けが掴《つか》めないフィールズは、睨《にら》みつけたままじっと観察を続けていたが、魔法で弱らせて出血量が増えたホーンラビットは戦意が衰えぬままやがて力尽き緩やかに倒れた。

「ボク、魔物倒せたよ！」

「やったなフィールズ」

「おめでとう」


成功体験。


失敗したままの感情でいるより、成功したイメージを持って挑戦した方が、人は成長しやすい。

とかいう前世の知識にあったから、フィールズたちに魔物討伐をさせたけど、三位一体？（二人＋一匹）の連携で無傷で倒せたなら、多少不格好でも大成功と言えるだろう。

あ、俺が戦闘に参加してないのは、林で取れたホーンラビットを抱えていたからだね。

ピンチになったら魔法飛ばそうとは思っていたけど。

「獲物も捕れたし一度戻ろう」

俺とフィールズはホーンラビットを抱え、メイリアはウサオを抱えてギルドに向かう。

「こんにちは、ホーンラビット二匹と薬草の買い取りお願いします」

「ホーンラビットは裏の解体場で査定してもらってくれ」

薬草二十枚を渡し裏の解体場に向かう。

「メイリアは受付のナターシャさんにテイムモンスターをどうすればいいか聞いておいてくれ」

「ボクたちは解体場に行っているね」

「ウサオのために聞いてくるわ」

解体場でホーンラビットを提出し、メイリアのとこに戻ると、

「テイムモンスターの登録終わったよ。あとはテイムの証に魔物用の首輪をつけておくんさね」

「ありがとうございます」

「首輪の代金は一万ゴルド、買い取り査定から差っ引いておくさね」

ホーンラビットの査定約一匹分がウサオの首輪代で引かれて、一万二千ゴルドを受け取り三人で分けた。

「もうお昼過ぎだし、昼飯に行かないか？」

「ボク賛成！」

「わたしもお腹空《す》いたわ」

「こうして冒険終わりに打ち上げみたいに食事会をすると、酒場で大騒ぎをする冒険者の気持ちがわかるね」

「「ほんとだね！」」

「角《つの》ウサギ亭《てい》ってところが美味しい料理出すから、そこでいい？」

「隣の酒場しかわからないから、エルに任せるよ」

「じゃ、付いてきて」

一日冒険者ギルドを出て大通りを歩くと、お昼時だけあってどこからかパンを焼いているような香りが漂ってきて、腹の虫を刺激する。

――グゥゥ……

「誰かお腹が鳴ったよ」

「お腹は空いてきたけどボクじゃないよ！」

言葉は発しないが、メイリアがそっぽを向いて恥ずかしそうにしていた。犯人捜しはしちゃだめだ。

フィールズがメイリアに気を回さない発言をするという珍事があったけど、二人を無事角ウサギ亭に案内し、店の中に入ってツーリアちゃんに挨拶《あいさつ》する。

「三人と一匹だけど入れる？」

「エルさんいらっしゃい。今日はお友達も一緒なんですね。まだ混んでいるけど、あそこのテーブル使ってね」

満員の店内だったが、ちょうどテーブル席が一つだけ空いたようだ。

四人掛けテーブルだったから、ウサオも椅子に座らせると、大型のウサギだからか座ってもテーブルより頭が飛び出ていた。

「すごい人気ね」

「チェスターさんの代になってから料理が評判になって。この前お肉料理を食べたけどすごく美味しかったから、二人も期待してね」

「楽しみだわ」

しばし待つと、サーリナが注文を取りに来た。

「お肉か野菜の定食があるけど、どっちにする？」

「三人ともお肉をお願い」

「サーリナ姉ここで働いていたんだね」

「そうよ。エルに紹介してもらったの」

ウサオの頭を撫でながら注文を受け、サーリナは厨房へ注文を伝える。

「そういえばウサオは何を食べるの？」

「ナターシャさんが言うには、テイムした人の魔力があればいいみたいよ。テイマーと魔力パスがつながっていて、それが額の紋章に現れるの。魔力パスを通じてウサオが生きてく魔力が供給されるらしいわ」

「じゃあ、特に何もしなくて大丈夫なの？」

「ウサオに魔力を取られる分、魔法の使える回数が減るから、戦闘するときには気をつけるよう言われたわ」

「魔物との連戦に注意すれば大丈夫だね」

「あと女神カードの裏面にテイムの項目が出て、【テイム：ホーンラビット　ウサオ】って書いてあったよ」

メイリアに女神カードの裏面を見せてもらっていると……

「みんなお待たせ〜、エルは食後に厨房行ってね、チェスターさんが呼んでいたから〜」

今度はスキラが料理を運んできた。料理を置くとウサオの頭を一撫でして去っていった。

「美味しそう！」

「いい匂いだわ」

「冷める前に食べよう」

「「「女神フェルミエーナ様ありがとう、いただきます」」」

養護施設ですっかり習慣になった食前のお祈りを、三人が手を合わせたタイミングで声を揃《そろ》えて唱和する。

三人とも冒険者らしく料理にがっつく、いや冒険者じゃなくても美味しいからがっついているお客さんは多いんだけどね。

それにしても給仕の二人は何気にウサオを撫でていたぞ、女性に人気なのかウサオは。

確かに白くて輝いている毛並みがふわふわに見えるし、思わず触りたくなってしまうのも無理も

ないか。

「『女神フェルミエーナ様ありがとう、ごちそうさまでした』」

食事を終え料金を支払い二人と別れると、ツーリアちゃんから声がかかった。

「エルさん。今日は街の外に出ていたんですか？」

心の中に暗雲が立ち込めているのか、心配そうな声音で聞いてきた。

「冒険者だしね、魔物を倒してみんなの安全を守るのがお仕事だからね」

心配をかけまいと事もなげに答える。

「エルさんはおとーさんにいろいろ料理を教える仕事があるから、怪我なんてしてきちゃダメなんだからね！」

「俺は平気だったよ。そんなに心配？」

背が低いから頼りなさそうに見えるのかと思い、軽く手を広げて怪我のない身体を披露する。

「心配は心配ですけど、無事なら大丈夫です！　おとーさんが呼んでいるし、早く行ってください。また美味しい料理を教えてくださいね！」

それだけ言い残すとプイっとそっぽを向くツーリアちゃん。

何か機嫌を損ねてしまったのだろうかと思いつつ、食堂から一旦外に出て裏口の厨房へと回り込む。

「おうエル」

ＯＬじゃないぞ、チェスターさんが呼んだだけだぞ。

「ご用件は何ですか？」

「精肉店から塩漬けの腸ってやつを買って、一晩塩抜きしておいたんだが、使い方を教えてくれ」

「腸詰用の口金に腸を通して、ミンサーの出口にセットしてください。ハンドルを回して最初に出た部分は取り除いて、出口のとこで腸の端を結んだらまたハンドル回してミンチ肉をどんどん腸に詰めていくんです。空気が入らないようにするのと、パンパンにならないように詰めるのがコツです」

あまり詰めすぎると、食べやすい長さにするために途中で捻《ひね》りを加えたとき、腸が破けて失敗してしまうから、そこが気をつけるべきポイントだ。

ハーブと一緒にミンチにするといいとか、味付けなどの細かい注意点を追加説明しておく。

「これを食べやすい長さでくるっとしたら、燻製にするんですけど、今は焼くか茹《ゆ》でるかして試食してみましょうか。味付けしてないから、ハンバーグで使ったソースとか出してください」

チェスターさんが焼きと茹での両方で調理し、ソースは小鉢に入れてディップスできるように準備してくれたので、厨房で試食する。

パリっという歯切れの良い噛《か》み応えと、腸で閉じ込められていたうま味が溢《あふ》れ出し、口腔《こうこう》内に幸せの味が広がる。

肉本来の味だけのプレーンなソーセージだが、肉質がいいのか十分うま味を感じられた。そこにチェスターさんのソースを合わせると、それだけで贅沢《ぜいたく》な一品となる。

「フォークで刺して食べるとパリッとした食感が損なわれるから、パンに挟んだり、トングなんかで食べるといいですよ」

手近にあったパンに切れ込みを入れ、ホットドッグにした形を見せる。

「片手で食べられて手も汚れないから、外で働く労働者の昼食にいいかも？」

チェスターさんが興味津々に俺の手元を凝視している。

そっとチェスターさんに渡し、ホットドッグに興味が移っているうちに角ウサギ亭を退散する。


「フィールズとメイリアもおかえり。遅かったけど何やっていたの」

「あの後ギルドに戻って、ギルマスに戦闘訓練をつけてもらえたんだ」

「わたしはテイムのこともう少し詳しく聞いてきたわ」

二人は嬉しそうに話す。

冒険者として生活する上で何をすればよいのか、自分なりにしっかりと考えているのだろう。

「ギルマスだと忙しいだろうから、稽古つけてくれる相手を見つけないとだね」

「あっそのことなら、夕方ごろにエルの友達のジェレイミと鉢合わせて、稽古のことを相談したら、彼らの稽古に交ぜてもらえることになったんだよ」

「おお。それはよかったね」

「それで、しばらく訓練に集中したくて、メイリアと二人で行動したいんだ。エルには負けてられないし、追いつきたいからね！」

フィールズは今日の戦闘と訓練で何か刺激を受けたのか、本格的に戦闘訓練に取り組みたいだ。

力及ばず戦闘評価が出なかったことも関係しているのだろう。俺を見返そうとするかのようなその瞳の奥に、強くなりたいと闘志を燃やす熱が籠っているように見えた。

ジェレイミたちの訓練は、朝やるか夕方やるかは大人たちのダンジョン次第らしくて不定期開催になるから、隙間《すきま》時間はメイリアと薬草採取や狩りをする予定らしい。

訓練を主軸にした活動になるから、俺とは時間が合わせられないかもしれないということで別行動になった。

一つ上のジェレイミたちと一緒なら、同年代同士で切磋琢磨《せっさたくま》して成長につながりそうだね。

別行動にはなるけど、時間が合ったらウサオをモフらせてもらおう。

そんなことより、俺には一つの懸案事項を抱えていたのだ。

それは……

女神のご褒美がしょっぱいことだ！

部屋に戻り、いま貰っている女神のご褒美を確認すると。

美肌（顔）
美肌（身体）
長寿（＋十）

魔力操作
聴覚×二
長寿（＋十）
魔力感知

序盤はもともと魔力の高い人なら何もしなくても貰えそうだから、そういう仕様なのかもしれないけど、すっごいしょうもないラインナップなのだ。

人間の能力が補強されるとか強化されるって感じのご褒美ばかりで、聴覚二倍は良さそうに思えるが、人の聴覚が二倍になったって隣のテーブルの噂《うわさ》話が聞き取りやすくなる程度だし、寿命や美肌は実用的だけどまだまだ若いので実感が湧かない。【魔力操作】と【魔力感知】に至っては自力でがんばって得た力が、能力として表記されただけでご褒美とは違う気がするんだよね。

んでその点を書いて女神様に手紙を送ったとこなんだ。

女神のご褒美で固有魔法が発現するって話だしね。

手紙をアイテムボックス経由で送って人心地ついていると、鳥の鳴き声みたいな音が頭の中に響いた。どっかのＳＮＳで使われてそうな通知音に似ている。

アイテムボックスを確認すると、女神様から返事が来ていた。

「やっほーエルくん、魔力操作と魔力感知の明記は必要なかったみたいだね。代わりのご褒美の候補を次の中から選んでね。【魔眼（魅了）】【フェロモン×二】【魅了魔法《チャーム》】。賢王って言われた人にも渡したご褒美だから役に立つよ！」

ラインナップがひどいっ。

ってエロ大王は魅了関係の女神のご褒美を集めまくったから、ハーレム大王になったのか!?

他者への感情に干渉する能力は人としてどうかと思う……

人を惑わすような能力を使われたら迷惑極まりなく、自身の感情を無視して女性に追いかけ回られそうでゾッとする。

個人の自由意思を蔑《ない》ろ《がし》にする人権侵害ダメ絶対！　ってことを、説教たっぷりに返信しておいた。

今後は魅了系がご褒美に出てこないようになるといいな。

エロ大王の暴れっぷりはひどいし、歴史は繰り返されるって事態にならないことを祈ろう。

【フェロモン×二】は他者からちょっと魅力的に見えるって程度だろうから、別に構わないと思うけどね。

「ごめんねー、人権侵害は良くなかったね。エルくんの希望通り【魔力操作】と【魔力感知】はそのままにしておいて、次のご褒美は【収納魔法】にしておくね。実際に魔法は発動しないから、効果は何もなくて表示されるだけになるけど、エルくんは魔力量増やすのがんばっているから、普通の人よりご褒美回数多くなるし、安易にいいご褒美出せないんだよねー。ネタが尽きるし」

俺はご褒美を制限されていたのか!?

アイテムボックスを使うために、この世界で偽装できる同等の能力を、ご褒美に欲しいと返信しておいたのだ。

大っぴらにひけらかすつもりはないけど、ギルドの納品とかで使いたいしね。

百十センチの小柄ボディでは、ホーンラビット一匹ずつしか運べないから、東の林を往復することを考えると、午前と午後で一匹ずつの狩りになりそうだ。

生活するには困らない収入だけど、武器防具などの初期装備を整えるには全然足らないんだよね。

次の女神のご褒美が楽しみだっ、今後も選ばせてほしい。


ついでにエロ大王が転生者かどうか聞いてみたら、やっぱり前世の世界からの転生者だったみたい。

そんでもって過保護な女神は、生活に困らないように王族に転生させたそうだ。

そういえば俺も転生先は王族だったな。ここでも過保護っぷりを発揮したようだ。

生後間もなく養護施設行きが決まったけどねっ。

貴族の社交界とか王族の義務とか、しがらみに縛られまくりそうだから、多少の不便があっても自由に生活を選べる養護施設送りは大正解だったけどね。

翌日からホーンラビットの納品を一日二回行い、徐々にお金を貯《た》めつつ装備を整えていった。

五話　スカベンジャー

「エル。ボクたちダンジョンに行くよ」

「えっ、まだランク足りてないよね？　メイリアは戦闘ランクが足りているけどフィールズはEランクなんじゃ？」

「ジェレイミたちが実力もついて、そろそろ独り立ちすることになったんだ。それにボクもそれなりに実力ついてきたし、ホーンラビットなら一対一で倒せるようになったんだよ！　それでポーターとしてメンバーに加われば一緒にダンジョン入れるんだ」

「でも武器とか荷物持ち用のカバンとかは？」

「ジェレイミたちは父親のパーティーのポーターをやっていた時期もあるから、その時のお古を借りるんだ。武器は中古でお古の剣を安く譲ってもらえたんだ。とりあえずの武器だから、お金が貯まったら早めに新しいのを用意するよう言われているけどね」

装備の当てはあるみたいだ。ダンジョンか……

俺も行ってみたいな。いきなりソロで突入するのは無謀だろから先延ばしにしていたけど、先行者に教わるのは得るものも多いだろう。

「俺も一緒に行ける？」

「ジェレイミに聞いておくよ。エルはランク足りているから臨時メンバーになるね」

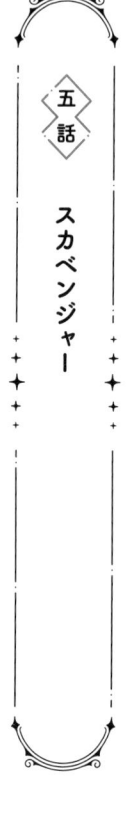

「ありがとう。一人でダンジョンに行くのは危険だと思っていたから、一緒に行ける機会があると助かるよ」

フィールズの配慮が本当にありがたい。

見たことはないけどダンジョンは危険な場所というイメージだし、多少魔法が使えるくらいの駆け出し冒険者が、何の情報も持たずに行くのは無謀すぎるしね。この機会にダンジョンを見ておきたいし、対策を学んでおきたい。

後日、ジェレイミに了承を貰《もら》って、数日後にダンジョンに行くことが決定した。

東門に向かう冒険者に交じり、馬車に荷物を積み込む商会の下働きを横目に大通りを歩く。

「エル。ジェレイミたちとは東門で待ち合わせているから、向こうのメンバー紹介もそこでするね」

メイリアと並んで歩くフィールズが振り返り伝えてくる。

テイムモンスターのウサオは、街中では抱えて歩かないといけないらしく、メイリアにおとなしく抱えられていた。

もともと体格は良かったけど、しばらく見ないうちにフィールズにも随分と筋肉がついてきたように見える。

胸板に厚みがあるように見えるし、以前よりがっしりとした身体つきで一回り大きく成長した気がする。

いや、以前までは一日二食の食生活で縦にひょろ長かったけど、外食で肉をよく食べるようになったし、食料事情が改善したせいもあるだろうけどね。

「来たかエルたち」

先に着いていたジェレイミから声をかけられる。以前に紹介されたグラシアと初めて見る少年が東門で待っていた。

「エルは初めてだったな、グラシアの弟でジラルドだ。エルたちより少し後に十歳になって冒険者登録したんだ。それでこのパーティーはグラシアがリーダーだから指示には従ってくれ」

「わかった。よろしく」

軽く挨拶《あいさつ》と握手を交わすと、さっそく東門を出てダンジョンへ向かい歩き出す。


人通りが多いせいか、ダンジョンまでの道はしっかりと踏み固められ、時折馬車も通るのか轍道《わだちみち》が出来ている。

「ダンジョンは入り口で千ゴルド取られるから、大銅貨一枚用意しておいてくれ。ポーターは料金不要だ。入ってすぐのところでダンジョンカードを取ってから一層を回って連携を確かめよう」

グラシアが歩きながら簡単な説明をする。

「ダンジョンカードって？」

「ダンジョンをどこまで踏破したか記録するカードだ」

「踏破や潜った階層を自動で記録してくれるカードで、裏面に過去に踏み入れたダンジョンが記録されていて、表面に現在のダンジョンが記録されるんだよ。女神カードのダンジョン版って感じだけど、なくても困らないよ」

グラシアの短い発言をジェレイミが補足しカードを見せてくれた。

女神カードのように、表面は似顔絵と名前に年齢とダンジョン名、侵入階層が書いてあり、ジェレイミはまだここ以外にダンジョンアタックをしていないから、裏面には何も書かれてなかった。

「東門から北側は魔物と遭遇しやすいんだが、ダンジョンまでの通路は木工ギルドも利用しているから、周辺の魔物は定期的に討伐されている」

「ダンジョンまでならこの道は安全ってことだね。この辺りの魔物はDランク冒険者向けの討伐依頼が出ているんだ」

グラシアが切っ掛けを作りジェレイミが補足するのが、このパーティーの会話の仕方なのだろうか。

「ここのダンジョンは冒険者ギルドが管理しているから、何かあったらギルドに報告だ」

「本来はダンジョンの権利は領主にあるんだけど、ここは王領だからギルドに管理を委託していて、代わりにダンジョンの見張りや異変の対処なんかを任されているんだよ」

喋《しゃべ》りながら歩いているとダンジョンの入り口が見え、その奥には森と高い山脈が見えた。

ダンジョンの入り口は地面からほんの少しだけ浮いているようで、空間の裂け目のような亀裂が存在し、そこからダンジョンの内部は霞《かすみ》がかかったように見通せない。明らかに異様なものが存在しているのがわかるところがあり、そこがダンジョンの入り口らしく冒険者が出入りしている姿が見える。

入る人と出る人がタイミング悪く衝突しないように、左側通行で出入りしているようだ。ギルドでそんなことは教わらなかったし、ダンジョンだけの特殊なルールかマナーなのかな？

ダンジョン前には小屋が建てられており、ギルド職員が入場管理をしているようで、窓越しに男性職員が料金を徴収していた。

「流星の欠片《かけら》です、臨時メンバー二人とポーター二名です」

グラシアが五人分の入場料を支払い、日帰りで戻る予定だと告げる。

「流星の欠片ってなんだ？」

「俺たちのパーティー名だ」

「グラシアの親父《おやじ》さんたちのパーティー名が【輝く流星】で、その子供たちのパーティーだから【流星の欠片】ってことなんだよ。いずれ親父さんたちが引退するかそっちのパーティーに入ったら、グラシアたちが引き継ぐんだ」

ジェレイミは親父さんみたいに騎士を目指しているから、いずれグラシアたちとは別れることは説明してあるみたいだな。

「ダンジョンカードを作りに、まずは中に入ろう」

ダンジョンの入り口で、ひな鳥が餌を求めるかのように口を開けたままの俺たちを見て、グラシアが皆に声をかけダンジョンに侵入していった。

いよいよ初ダンジョンだ！


草原の北側にあるダンジョンに入ると、そこは日差しの感じられる明るい空間で、内部に入ったと気づかせないくらい視界に変化は感じられなかった。

「驚いたでしょ？　ダンジョンに入っても外と環境があまり変わらないんだ」

まるっきり外と変わらない膝丈の草原と、離れたとこに林が見えるが、外では遠くに見えた森や山脈がここでは見当たらない。

入り口では明確に異空間に入るという認識はあったが、内部まで来るとあまりの変化のなさに、ダンジョンに入っているという実感が湧かない。

「三人ともこっち来て。ここでダンジョンカードを作るよ」

ジェレイミがウォーターサーバーのような設備を指さす。

水タンクが据えてある場所は、六角柱の薄水色の水晶が立っており、台座にはカードを取り出す凹《へこ》んだ箇所があった。

「水晶に手を添えると台座の凹んだところからカードが出るよ」

「女神カードみたいに血を垂らさなくてもいいの？」

「ダンジョンカードは必要ないみたいだよ、手を翳《かざ》した人の情報があらかじめ書かれているし」

「再発行はどうするんだ？」

「一人一枚しか作れないみたいで、何度触っても再発行はされないよ」

俺たち三人は順番にダンジョンカードを作り、ついでにウサオもカードを作れないか試したがダメだった。

「一層目はホーンラビットしか出ないから、ここで連携を試して問題なければ二層目のウルフ系の階層に行くぞ」

「ウルフ系の弱いやつはホーンラビットと変わらない強さだけど、五匹前後で群れを組むから連携がしっかりしてないと討伐が大変なんだ。ダンジョンの稼ぎは魔石や素材がメインで、運が良ければお宝が手に入るね」

「ホーンラビットの素材は角と魔石だ」

「よく目を凝らせばホーンラビットは角で見つけやすいよ。茂みに隠れていても角だけ飛び出していたりするからね。まれに茂みが深いとこもあるから、十分注意するんだよ」

「まずは俺たちの戦い方を見ていてくれ」

「エルたちが参加するとき、どう動いたらいいかの参考にしてね」

六人と一匹は他の冒険者と距離を取りつつ、林の方に向けて歩を進める。

東門の北側は魔物が多い。それと同様にダンジョン内でも魔力探知で、その範囲内にそこそこの魔物が感知された。

ある程度は他の冒険者と戦って倒されているのか、反応が消えたりしている。

「キュッ」

耳を動かして周囲の音を拾っていたウサオが、何かに気がついたようで警戒の声を上げる。

「魔物が近いみたいです、あちらの方です」

メイリアがウサオの察知した方角を皆に伝える。

ジェレイミがメイリアの示す方角に盾を構え、足早に歩を進め、飛びかかってくるホーンラビットにそのまま盾ごと体当たりをした。

跳躍中の体当たりだったがジェレイミに押されて体勢の崩れたホーンラビットに、横合いからグラシアが斬りつけジラルドが剣を突き立てる。

兄弟二人の鮮やかな連撃でホーンラビットを仕留めた。

仕留めたホーンラビットは胴体に切り傷が多く、肉や皮は売り物になりそうにない。

「ホーンラビットならこう倒せばいい」

どこか得意げな表情でジラルドが告げる。

三人は見張りと解体を分担して手早く魔石と素材を剥《は》ぎ取り、生活魔法の湧水《ウォーター》で血のりなどの汚れを洗い流していた。

「そうか、極力荷物を減らしたいから綺麗《きれい》に仕留める必要はないのか」

「魔石と素材が確保できればいい」

俺の呟《つぶや》きを聞き逃さなかったのか、周囲を警戒していたジラルドが短く答える。

「そうそう、毛皮を剥いでまで持ち帰らないから、角が無事ならどれだけ傷つけても大丈夫なんだ。

反撃を受けないよう倒すのが優先だね。次はエルたち三人でやってみて」

ジェレイミに促され、事前に魔力探知で索敵していた、魔物がいる方向へと足を運ぶ。

「以前やったみたいに俺とメイリアが弱らせて、フィールズが止《とど》めを刺す形でいいか？」

「ボクはそれでいいよ、メイリアと二人の時はいつもそれだし」

「わたしもいつも通りだから構わないわ」

笑顔を浮かべて返事をする二人、気負った様子はないみたい。

俺の提示した作戦は二人の日常のものと変わらないようで、素直に受け入れられていた。

「ならウサオが獲物を見つけるまで、このまま進もうか」

「「わかった（わ）」」

さほど進まないうちに「キュッ」とウサオが警戒し、その視線の先にホーンラビットを見つける。

「メイリア行くぞ」

声をかけつつ二人で土魔法を放つ。

「命中した！　ボクも行くよ！」

着弾を確認したらフィールズが飛び出し、弱って動きの鈍くなったホーンラビットを一突きにし、止めを刺す。

「遠距離攻撃があると、あっさり片付けられるなあ」

短時間で片付けた俺たちの戦法を見て、グラシアが素直な感想を述べる。

フィールズはそのまま解体ナイフに持ち替え、ホーンラビットの素材を剥ぎ取り、魔石も抜き取る。率先して手際よく剥ぎ取りを行う姿から、日頃からフィールズが担当しているのがわかる。

ダンジョンでは死体を放置していてもそのうち吸収されるから、外と違って死体処理をしなくてもいいらしい。

その辺りに放置して構わないのは楽でいいけど、ダンジョンの仕組みは不思議でならない。

「さっきのフィールズたちの連携なら、すぐに二層で狩れそうだね」

「そうだな。遠距離攻撃で数を減らしたり弱らせたりしたら、接近して止めを刺すだけだしな。打ち漏らして元気な奴が突っ込んできたら、ジェレイミがカバーに入ってくれ」

グラシアの作戦にジェレイミが頷《うなず》く。

俺とメイリアが初撃を放ち、その後はフィールズやジェレイミたちにお任せする形だ。遠距離攻撃手段のないジェレイミたちと連携するには、臨時パーティーでは難しい作戦は取れないのだろう。

「このまま林を抜けた先で二層に降りられるから、たどり着くまでもう少しホーンラビットを相手に連携の確認をしよう」

ジェレイミが二層への対策として、連携の練度を上げるよう指示を出していた。


いよいよ二層に向かうこととなり、その移動中に木工ギルドがダンジョンまでの道を利用していた理由を聞いてみた。

「ここの林は家具や薪《まき》の原料として利用されているから、木工ギルドが材木を採取しに来るんだ。冒険者ギルドでDランクの護衛依頼がよく出ているはずだか、お前たちは受けたことないのか？」

「まだEランクだから、討伐ならともかくDランクの依頼は受けたことないよ」

「ボクたちはナターシャさんに止められそうだしね」

「そうだな。薬草採取とかの常設の納品依頼しかやってないよ」

グラシアの質問に俺とフィールズが交互に答える。

時折ウサオがホーンラビットを発見するが、難なく魔法で弱らせていき、前衛たちが素早く処理していく。

「二層に降りるぞ」

「前衛が四人になるからジラルドが殿《しんがり》についてくれ。フィールズたちは真ん中の隊列になってね」

「「「了解」」」

「二層も一層と同じ構造だ」

「ウルフ系が生息していて、グレイウルフは群れやすく頻繁に遭遇する。ブッシュウルフはあまり群れないが、繁みから不意打ちをしてくるから警戒が必要だよ。滅多にないけど上位種が出現して、大きな群れを作ることもあるから、ウルフ十匹を安定して狩れるパーティーが、この階層での主力になるよ」

相変わらずジラルドの端的な言葉に、ジェレイミが丁寧に注釈を入れてくる。

「俺たちはダンジョンの壁沿いを歩き、敵と遭遇する機会を減らして進むぞ」

「グラシアは慣れているかのように言っているけど、親父さんたちのポーターとしてしか来たことないからね。五人以上じゃないと来てはいけないと言われているんだ」

「まずは五匹程度のグレイウルフの群れを狙いたいな」

「手早く片付けて、追加のもう一グループに襲われなければ、最低限二層でやっていけるからね」

ちょうど前方に六匹の群れを魔力感知し、しばらくするとウサオも「キュッ」と警戒を発しウルフのいる方向を示した。

「みんな行くぞ」

と声をかけ、俺たちは慎重にグレイウルフの群れに近づいていく。盾を構えるジェレイミと、剣を抜くが切っ先はまだ下に向けているグラシア兄弟とフィールズ。

俺とメイリアは土魔法の準備を始めながら攻撃する目標を定める。

「魔法攻撃開始！」

グラシアが気合の入った声音で、威勢よく戦闘開始を告げる。

前衛に射線を空けてもらい、メイリアと目配せし、事前に決めた通り俺が右側の三匹を、メイリアが左側の三匹をそれぞれ攻撃する。

メイリアは魔物であっても命を奪えないから、おそらく弱らせるだけになるだろう。半々で攻撃したら三匹は確実に向かってくると思われるので、俺の方は止めを刺すつもりで魔力を込め、少しでも前衛の負担を減らすために威力を高めた魔法を放つ。

——ドスドスドスッ。

「「「ギャンッ」」」

俺が狙った三匹は悲鳴を上げてその場に倒れた。メイリアの狙った三匹は、魔法が命中したものの致命傷には至らず、足取り重くよろめきつつもこちらに向かってくる。

グラシア兄弟とフィールズの三人が突撃を開始し、ジェレイミは後衛の守りに入る。

「ふんっ」

「えいっ」

「やっ」

それぞれのかけ声と共に、無駄のない一刀でグレイウルフたちを仕留める。

こちらの人数と同等の魔物の群れを、先制攻撃を仕掛けたことで圧倒し、一切の怪我《けが》をすることなく完璧な連携で倒すことができた。

そんな隙《すき》のない戦いができ、ジラルドたちも二層での狩りに自信が持てたようだ。

「いけそうですね」

そうだねとジェレイミが返す。

解体している三人に、後衛と護衛の三人も合流しに向かう。


移動の途中で、片手に収まる白い球体が転がっているのを見つけ、拾い上げて手にしてみた。

よく見ると、上から見る分には白いが、反対側の半分は黄色く、ツートンカラーの球体だった。

「何だこれ？」

「あっ、それはお宝だよ！　ダンジョンで見つかる【宝珠】って言われていて、一日探索すれば一、二個は見つかるよ」

「白と黄色の玉だけど、色に意味とかあるの？」

「うん。赤色が装備品、青色が魔道具、緑色が魔物の卵で、黄色が雑貨や素材で一番見つかりやすい色って言われているよ」

「これは黄色だから雑貨や素材か……どんなものが出るの？」

「大半が日用品で、布や調味料、素材は金属のインゴットがほとんどで、まれに魔白銀《ミスリル》や魔白金《オリハルコン》が出るそうだよ。【宝珠】のサイズより大きいものが出てくるから、広い場所で開けないと危ないよ」


カプセルトイやないかーい！


二層での初戦闘を終えて、緊張感を緩めつつ六匹のグレイウルフの解体をしている三人に近づき声をかける。

「おつかれさま。グラシアさん宝珠を見つけました」

「グラシアでいいぞ。エル何色だっ!?」

「黄色ですよ」

「なんだ黄色か……」

グラシアも宝珠の色で出るものを把握しているのか、少しがっかりとした雰囲気を醸し出す。

「そんなあからさまにがっかりしなくても……中身をいま出しますか？」

「いや、宝珠はダンジョン内だと開かないんだ」

「ダンジョンを出てからなら手で捻《ひね》る感じで簡単に開くけど、ダンジョン内だと魔物の体当たりを受けても壊れない丈夫さで、バトルハンマーで思いっきり叩《たた》いてやっと取り出せるくらいなんだ」

「なら帰ってからのお楽しみですね」

俺が楽しそうに宝珠を眺めていると……

「今回の宝珠の取り扱いは、初めてだし見つけたエルが決めろ」

「いいんですか？」

「そのまま売るか、開けてから売るかの違いしかないがな」

ああ、パーティーで動いているから、見つけた宝珠も中身の利益を分配することになるのか。

「グラシアががっかりするくらいなのに、開けずに売れるんですか？」

「ああ。ごく稀《まれ》に出る魔白銀《ミスリル》や魔白金《オリハルコン》を狙って、高ランク冒険者や大商人がそれなりの値で買い取ってくれるんだ」

「なら売却です。フィールズの装備集めないとだし」

「エル、ありがとう！」

そんなに買い集めている人たちがいるなら、空のカプセルを売る詐欺が横行しそうだな。

「開封済みの宝珠の殻を売りつける、詐欺師とか出るんじゃない？」

「エルは恐ろしいこと考えるなっ」

「えっ!?」

詐欺師ならすぐ思いつきそうなことだと思うんだが、この世界の人たちはそんなこと考えないのかな。

「開封すると宝珠の殻は消えてしまうんだ」

いや、物理的に無理ってだけだったか。ゲーム機本体の中古の値段で空き箱だけを売る、空箱詐欺みたいなのはなさそうだな。

「二層でもやれそうだし、しばらくここで魔石を集めるぞ」

グラシアの方針が決まり、隊列を組みなおす。

「経験のために戦闘はさせたが、フィールズは本来のポーターに戻ってもらうぞ」

「ポーターに戦闘をさせて何かあったら、連れてきたパーティーにペナルティが課せられるんだよ。非戦闘員を帯同させるときの取り決めがあって、特にパーティーメンバーに脱落者がいない状態でポーターだけが帰らないと厳罰を受けるからね」

見習い冒険者が多いとはいえ、ポーターの扱いに関してかなり厳しいルールが課せられているようだ。それくらいしないと安心してポーターも仕事ができないのだろう。ダンジョンは危険に満ちているしね。


しばらく進むとウサオが警戒の一鳴きをする。

「キュッキュッ」

「今の鳴き方は何だ？」

「近くで戦っているパーティーがいるみたい」

「なら近づいて様子を見る」

「一層はともかく、二層では基本的に助け合いなんだ。戦っているときに近くのパーティーが崩れたりすると、そこの魔物に襲われるから、無事を確認する必要があるんだ」

ウサオの示す方向に向かうと、戦闘の音が聞こえてくる。

視線の先には六人組のパーティーと倒れたウルフ、それとまだ戦っている三匹のウルフが見えた。

近接戦闘主体のパーティーのようだが、お互いにカバーし合い上手《うま》く連携を取っている、阿吽《あうん》の呼吸と言えるほど動きが滑らかだ。

「おい！　手助けはいるか！」

近づきすぎて警戒されないよう、適度な距離を保ちグラシアが大声を上げる。

「必要ない！」

向こうのパーティーリーダーらしき人物がにべもなく返す。

「怪我人もいないようだし、十分な装備を揃《そろ》えているパーティーだな」

「あのパーティーなら手助けは必要なさそうだね」

見事な連携を見せながら戦う冒険者パーティー。

ダンジョンではよくある一幕なのか、ジラルドたちは素っ気ない言葉にも慣れている様子で、戦いっぷりを見ていた。

しばらく様子を見ていたが、危なげない戦いを見せる彼らを横目に、再び移動を開始する。

「離れて別の魔物を探そう」

「キュッ」

ウサオの警告ですかさず魔力感知を飛ばすと、戦闘中のパーティーに向かって移動する集団に気づく。

「ウサオが魔物を見つけたみたい。あっちの方！」

メイリアがウサオの視線の先を指で指し示し、全員に共有する。

「さっきのパーティーに向かって近づいているみたいだね」

それに合わせて、俺が魔力探知で知り得た情報も補足する。

「急げ！　割り込むぞ！」

「あっちが連戦にならないようにカバーに入るよ。向こうは戦闘終了してないし、していても素材の剥ぎ取りとかですぐには戦えないだろうからね」

すかさず走り出し、相手のパーティーに声をかける。

「そっちを狙っているウルフがいる。こっちで受け持つぞ！」

一瞬考え込む相手パーティーだったが、すぐさま「頼む！」と短く返事がきた。

俺たちは駆け寄る魔物と先ほどの冒険者パーティーの間に割り込むように走り、戦闘中の冒険者たちを守るようにカバーに急ぐ。

「二人とも魔法だ！」

グラシアの指示で俺とメイリアは魔法を放つ。

向かってくる的《まと》と違って、横に移動する的だと当てにくく、しかもこちらも走りながらという条件で狙いがつけにくい。それとなく偏差射撃をしているけど三発に一発当たる感じだ。

数匹倒されると魔物がこちらに狙いを定めてきたので、俺もメイリアも命中率が上がり、近接戦闘に移るまでには十分に弱らせたウルフしか残っていなかった。

「ジラルド、ジェレイミ、蹴散らすぞ！」

「「おう！」」

いつもは言葉少ないグラシアも、戦闘になると気合が入るのか語尾が強くなるようだ。

弱った魔物に肉薄した前衛は、被害を受けることなくあっさりと倒し切った。

戦闘が終わり、あちらのパーティーも剝ぎ取りに入ったようで、リーダーだけ近づいてくる。

「俺たちは【一陣の風】。二層では見かけない連中だな」

「こっちは【流星の欠片】と臨時メンバーで今回が初だ」

「ウルフの群れが近づいてくるのに気づいてなかったよ。カバーに入ってくれて助かった」

「ダンジョンではお互い様だ」

「帰ったら一杯奢《おご》らせてくれ」

「ああ」

リーダー同士で短く会話を切り上げる。

その間俺は魔法攻撃で倒したウルフを回収し、剝ぎ取りをしている仲間に渡して周辺警戒に戻る。

ああうん、解体したことないんだ。

ホーンラビットはいつも抱えてギルドに持っていったし、今後もアイテムボックスを使って血抜きだけして、ギルドで解体を頼むつもりだしね。

「メイリア。魔力の残りはどんな感じだ？」

「だいたい半分くらいだわ」

「帰り道で同じくらい敵に遭遇したら途中で魔力枯渇になるぞ。グラシアに帰還するよう言おう」

「無理は禁物よね、わかったわ」

メイリアの同意も得られたことだし、周辺警戒をしているグラシアに声をかける。

「グラシア。メイリアの魔力がもたないみたいなので、そろそろ引き返しませんか？」

「こちらはまだ体力に余裕はあるんだがな。魔法使いは魔力切れを起こすのか……」

そりゃ、サクッと止めを刺すだけのお仕事だったしな。

「魔力枯渇で動けなくなって置き去りにされるのは嫌ですよ」

「……わかった。引き上げよう」

グラシアは魔力切れとなった魔法使いを背負って帰るのは負担になると判断したのか、撤収を決断した。後ろ髪を引かれる思いだろう。

前衛組は物足らなさそうだな、一層の戦いは任せよう。

「帰りに遭遇する敵も、行きと同じくらいの数なら魔力枯渇にならないですよ」

「魔力残量にも注意を払い、魔法を節約する戦い方を考えないとダメなのだな。新しい視点だ。勉強になる」

グラシアもいろいろ考えてくれるようで、近い将来良いリーダーに育ちそうだ。

俺たちが撤収を決めた頃、斥候か軽戦士といった様相の一団が、全力疾走で近くを駆け抜けていった。

「今のあいつらなんだったんだ？」

「まずいっ！　俺たちも一層の階段に急ぐぞ！」

グラシアが焦りの声を上げ、皆を急《せ》かす。

「今の奴らは恐らくスカベンジャー・・・・・・だ！」

「スカベンジャーっていうのは、死体あさりをする連中のことだよ。中には悪質なのもいて、あいつらみたいに魔物を別パーティーになすりつけて壊滅させたあと、ほとぼりが冷めたら死体の懐を漁《あさ》るんだ」

「魔物は武器や金は食わないしな」

「魔物のなすりつけ行為は禁止されているし、ギルドに報告義務があるんだ」

「生きて戻れたらな」

振り返ると【一陣の風】がウルフ二十匹くらいの群れに襲われている。

「二十匹はいるな。装備が整っていてもあの数に襲いかかられてはひとたまりもないぞ！」

「救助は間に合わない！　俺たちも急いで逃げるんだ！」

救助を諦める決断をしたグラシアは、やりきれない感情を抱え悔しそうに歯噛《はが》みしていた。

「こっちにも襲ってくるかな?」

「恐らく来る。上位種もいるはずだ」

「あの規模の群れなら、必ず上位種が率いているはずだよ。そういう集団は見かけた獲物は逃がさないんだ」

「さすがに階層は越えてこない。一層に逃げ込むぞ!」

あっという間に【一陣の風】は飲み込まれ、一部の魔物はこちらに狙いを定め駆け寄ってきている。

「キュキュキュッ」

ウサオが悲鳴のように激しく警戒の声を上げる。

その鳴き声からも猶予のなさがうかがえる。

「もう間近に迫っているわっ」

緊迫した雰囲気に恐怖を覚え、メイリアが悲鳴のような警告を上げる。

「逃げ切れなさそうだ。俺の周りにみんな集まってくれ!」

全員が俺を囲むように集まったところで魔法を使い、周囲を囲むように、厚さ五センチの鉄板をイメージし、円筒形に堅牢《けんろう》な壁を作る。

高さ三メートルの壁で囲ったから、上位種はわからないけど、ウルフ系なら飛び越えられないだろう。たぶんね。

土魔法の壁に囲まれた臨時の安全地帯と思えるところにいる安心感に、全員がほっと一息つく。

現状を打開するためにも、まだ休んではいられない。

壁際に立てるよう二メートル少々の高さに幅五十センチくらいの足場を作り、そこまで上れるように階段を付け足す。

魔物の様子を見るため全員で階段を上る。

「メイリア。少し攻撃したら魔力枯渇の兆候とか言って、下で休め」

「まだまだやれても？」

「そうだ。魔力切れを起こしたときにウサオがどうなるかわからないし、万が一、壁の内側にいるウサオにまで襲われたら、全員混乱するだろ」

「……うん。わかったわ」

小声でメイリアと打ち合わせする。ウサオに襲われるってとこに引っかかったのか不満顔だ。

文句は後でいくらでも聞いてやるよ……生きて帰れたらな。

こんな状況だ。悪気はなくてもグラシアたちがメイリアに命を奪う選択を迫ってくるかもしれない。

命を奪うという重大な選択は、周囲に流されて行動にでるより、自分で悩み抜いて決断した方がいいと俺は思う。

だからメイリアに猶予を与えるためにも、早めにリタイアしてもらった方がいい。

「フィールズ、こんな状況だ、あれ使えよ」

「ボクの生活魔法だね、でも草原だから火は……」

「ダメだな。水で丸ごと囲んで息苦しくさせちまえ」

「わかった。やってみるよ」

魔力操作を習得していたら、細かい操作で顔だけ囲むとかできるけど、あまり練習できていないフィールズじゃ、体ごと囲むくらいの大雑把《おおざっぱ》な操作になるだろう。

足場に立つと地面から遠い。土魔法を使うには素材として地面を利用できないぶん魔力消費量が増えるから、ここは水魔法でいった方がいいな。

水を生み出すには、水分子《H_2O》の集合体を思い浮かべると一番魔力消費量を減らせるし、単一素体なので複数の鉱石が配分された土より単純になる。

そして水の分子運動も併せてイメージするとお湯から水蒸気まで生むことができるし、分子が整列しているイメージで氷が出来上がる。

生活魔法の湧水《ウォーター》だと制限があって、十度から四十度までだった。

「フィールズは右側から、メイリアは左側から、俺は中央付近から狙うぞ」

「「わかった（わ）」」

フィールズは近くにいるウルフを湧水《ウォーター》で包み、メイリアは土魔法で弱らせ、俺は棒手裏剣型の氷を飛ばし一匹ずつ着実に仕留めていく。

「魔力が切れそうだわ」

と打ち合わせ通り宣言し、メイリアは下に降りて休んでいる。

「三人でもう十四は倒したはずだけど、減った気がしないんだが……」

「最初の二十四は先行部隊だったようだね」

長期戦になりそうだな。

いつもはお昼ごろに街に戻っていたから空腹を感じている。こんな緊迫した状況でも腹時計は正常だな。

「フィールズ。まだいけるか？」

「ボクはまだまだ大丈夫だよ！」

あ。こいつメイリアと魔力量同じくらいなのに、低出力低燃費の生活魔法オンリーだからバンバン魔法使えるのか。

「なら安心だな。全部倒してしまうか」

「そうだね。やっつけよう！」

単純だけど元気なこいつがいると、グレイウルフに追われダンジョン内で孤立している不安を吹き飛ばし、場の雰囲気も明るくなる。ここにいる全員の気持ちが絶望に包まれる心配はなさそうだ。

こんな場所で魔物に囲まれたまま心が折れてしまったら、全員の生還も厳しくなる。誰もがフィールズの明るさに救われているだろう。

本当にこいつは勇者なのかもしれないな。

「エル。上位種があっちに見えるぞ」

グラシアが指さす方で、赤黒い毛並みをした、グレイウルフより一回りも二回りも大きく筋肉質な体つきをしたウルフがこちらをうかがっていた。

「上位種は獲物を逃がさないってジェレイミが言っていたよね？　群れを率いるくらいだから知恵が回るかもしれない」

「うん。どうするの？」

「うーん。魔法は届くけど、あの距離だと余裕で避《よ》けられそうな気がするし、魔法の射程を短く見せて、もっと近づけさせるかな。っていうかあの魔物なんてヤツ？」

「あいつは跳躍力のあるウルフでブレードドールウルフっていうんだ、角や爪そして背びれが刃になっていて、この高さくらいなら跳び越えてくるはずだよ」

ジェレイミが代わりに答えてくれた。

「あのブレードでフィールズの武器作れたりするかな？」

「ブレードドールウルフの刃なら相当いい素材になるよ。背びれや爪でもかなりの素材になるはず」

「ぜひ仕留めねば。でもどうやろうか……餌を蒔《ま》くくらいしか思いつかない」

「この場合の餌って人間だよね。囮《おとり》を出すってことになるね」

「そうなんだよね。さすがに無理だから、とりあえず取り巻きウルフを倒していこう」

しばらくフィールズと二人で倒していると、一層との境から声が聞こえてきた。

「おいおい。まだ生きている奴らいるじゃねえか」

「ウルフどもはあのガキたちが引きつけているし、今のうちに漁ってくるか」

「ついでにあいつらの倒したウルフも貰っていくぞ」

魔物をなすりつけてきた連中が、がやがやと一層から降りてくる。

周囲のウルフをあらかたを倒したといっても、上位種やその取り巻きは残っており、まだまだ予断を許さない状況だ。

「あいつら……、やっぱりワザとなすりつけてきたんだね」

「質《たち》の悪い」

「碌《ろく》でもないね」

「こっちが倒したウルフの剥ぎ取りまで始めたね」

「あいつらが剥ぎ取り始めたら、そのまま囮になるんじゃない？」

「なら文句だけ言って放っておこうか」

「あいつらなら囮にしても心が痛まない」

「「だなっ」」

簡易砦《とりで》の正面側が一層の出口だとすると、その後方に上位種がいる。

俺が右側の敵を重点的に狙ったから、スカベンジャー側にはウルフの死体ばかりが見えているようだ。

俺たちが潜む簡易砦が遮蔽物《しゃへいぶつ》となり、スカベンジャーたちには上位種が目に入っていない。

「フィールズは上位種を油断させるために、そのまま攻撃続けてくれ。こちらの攻撃範囲が狭いと思わせたい」

「わかったよ」

「俺はあのスカベンジャーで上位種が釣れたら狙ってみるよ」

ジェレイミたちは油断させるために、スカベンジャーに向かって口撃を仕掛ける。

「そのウルフは俺たちが倒したやつだぞ！」

「そうだそうだ！　勝手に剥ぎ取るなよ！」

ジェレイミたちの声が届いたようで、スカベンジャーたちは下卑た笑みを浮かべていた。

「はっはっは。さっさと剥ぎ取りを済まさねえからこうなるんだよッ」

「文句があるならここまで来いや！」

スカベンジャーたちは勝ち誇ったかのように息巻いている。

グラシアたちはいい感じで口論しつつ、スカベンジャーを引き留めているようだ。

その結果、俺たちより狩りやすい位置にいる、そして本来の獲物であったスカベンジャーに上位種が狙いを変えた。

「みんな！　上位種が動いたッ」

方角が同じだから俺の作った簡易砦に向かってきているが、砦の陰からスカベンジャーたちに迫る様相を見せている。

上位種がこちらに跳びかかってこないよう、フィールズと同様の水球を放ち、砦をすり抜けるように誘導していく。

ようやくスカベンジャーも異変に気づいたのか、「何だ!?」と声を上げ、一旦《いったん》剥ぎ取りの手を止め体を起こす。

俺は上位種が横をすり抜けた後方から、少しでも数を減らしたくて氷の棒手裏剣を乱射する。

取り巻きの大半をすれ違いざまに倒したが、上位種には魔法を弾《はじ》かれたようで、そのままスカベンジャーに襲いかかっている。

「もっと近づかないと、致命傷を狙えないみたいだッ」

氷で滑り台を作り、急いで砦の外へ滑り降りる。


冷気でお尻がちべたい……


地面に降りれば土魔法の消費魔力を抑えられる。しっかりと硬い鉱物をイメージしながら射線にスカベンジャーを入れないように少し回り込み、走って近づき軽く散弾魔法を放つ。

俺の攻撃に気づいたブレードドールウルフは、反射的に跳躍をして回避した。

「跳躍力が自慢の魔物だから、咄嗟《とっさ》の行動として跳び上がると思っていたよ！」

槍投《やりな》げの槍の形状を硬い鉱物でイメージしたアースジャベリンを、空中で回避のできない上位種に向け、どれか一つでも当たればいいと上下に三連射し、確実に仕留めるため落下地点を狙ってもう一度三連射する。

「グルルゥ……」

空中で回避できない状態でもブレードで弾かれたりしたが一つが当たり、着地際を狙ったアース

ジャベリンの魔法は避けられることもなく三つとも命中した。

体力のある上位種は即死には至らずまだ息があるようで、瀕死《ひんし》にもかかわらず最後の抵抗とばかりに唸《うな》り声を上げる。

スカベンジャーを襲っていたウルフが俺の方を向き、一斉に襲いかかってくる。

「俺を攻撃するように指示を出したのかッ」

唸り声でなく、仲間のウルフへの攻撃指示だったようだ。

残りは数匹、倒しきれなくてもいいから、大雑把な照準でとにかく散弾を撃ちまくり「全部は倒しきれない、食らいつかれる！」と思ったときに、ジェレイミたちがカバーに来てくれた。

「エルたちばかりに任せっきりではな、少しは活躍させてくれ」

砦の中で見ているだけだったグラシアたちは、氷の滑り台が出来たことでようやく外に出られ、これまで蓄積した鬱憤《うっぷん》を解放するかのように、獅子《しし》奮迅《ふんじん》の戦いを見せている。

「増援ありがとう。ブレードドールウルフに止めを刺すよ」

立つこともおぼつかなくなったブレードドールウルフは、本当に最後の抵抗とばかりにこっちを睨《にら》みつけている。

横に回り込み、首筋を狙ってアースジャベリンの一撃を浴びせ、ブレードドールウルフを仕留めた。

「仲間の死体を持ってこのまま消えろ」

「スカベンジャーするなら仲間の死体でやっておけ」

生き残ったスカベンジャーたちを追い払うように、グラシア兄弟が威嚇をしている。

最後の攻防でスカベンジャーたちは数人逃げ延びたが、怪我を負った者や命を失った者がいる半壊した状態では、今後は無茶な活動はできないと思われる。

ジェレイミたちが怪我したスカベンジャーを追っ払い、ウルフの剥ぎ取りを始める。

さすがに、俺、フィールズ、メイリアの三人は魔力消費が多かったってことで、周辺警戒という名の休憩に回され、砦の中のメイリアを呼びウサオに警戒をしてもらう。

怪我したときのことも考えてメイリアの魔力を温存していたが、このまま撤収になるので、魔法を使う場面ではメイリアにがんばってもらおう。

「お昼食べてないからお腹空《す》いたね」

「わたし、角《つの》ウサギ亭《てい》で食べたい」

「ボクも！」

さすがに緊張感の切れた俺が空腹を覚えそれを口に出すと、危機的状況を乗り切った二人は朗らかな笑みを浮かべて同意してきた。

くだらない雑談をしながらもウサオによる警戒は怠らず、スカベンジャーによって【一陣の風】が襲われた地点に足を運んだ。

「ひどい有様《ありさま》だね」

「死体が原形をとどめてないよ」

フィールズとメイリアが、この場で起きた惨状についてポツリと零《こぼ》す。

そこかしこの地面は血にまみれ、損壊した武器防具そして人体が散乱していた。

解体すら苦手な俺は二人から離れた位置で遠巻きに眺めるも、鉄のような血のにおいが鼻腔《びこう》を襲い、不快感と共に胃の内容物がせり上がりそうな感覚に囚《とら》われる。

フィールズたちの手によって彼らの女神カードとダンジョンカードが回収され、剥ぎ取りの終わったグラシアたちと合流して一層へと向かう。

「待ち伏せに気をつけろ」

「スカベンジャーの生き残りが一層で待ち構えているかもしれないから、前衛三人が襲撃に警戒しながら前を歩くよ」

相変わらずグラシアが端的に指示を出し、ジェレイミが補足していく。


一層に上がると待ち伏せはなかったが、ウルフに襲われ重傷を負ったスカベンジャーとその時に死亡した奴らが、なぜか死んで横たわっていた。

「あいつら仲間殺しまでして荷物奪っていったのか」

ジェレイミが呆《あき》れた表情を浮かべつつ、蔑《さげす》むように吐き捨てていた。

「女神カードは持ってないな」

「しっかり漁られているようだね」

続けてグラシアとジラルドが遺体を確かめ、その結果を口にした。

死体はいずれダンジョンに吸収されるから、脇に除《よ》けるくらいで放置する。

「とにかく疲れた」

俺は愚痴る。さすがに砦とアースジャベリン連打の魔力消費はきつかった。

警戒はウサオ頼むぞ、と心の中でお願いしていたら……

「キュッ」

ホーンラビットの登場である。

ダンジョンを出るまでに何度か戦闘はあったが、メイリアと前衛の活躍で難なくこなし、フィールズはポーターの仕事をしていた。

ジラルドも本来はポーターだったのだが、こっちはフィールズより早く訓練をしていたから、ときおり戦闘に参加していた。

さすがに上位種は持ち帰らないと勿体《もったい》ないので、ジラルドもポーターをしている。アースジャベリンの魔法を連射したから穴だらけだけどね。


ダンジョンを出るとすぐ近くの建物に向かい、リーダーであるグラシアが、退屈そうに欠伸《あくび》を噛みしめているギルド職員に声をかける。

「流星の欠片です、臨時メンバー二人とポーター二名です」

ダンジョン前のギルド出張所で無事帰還を告げると、スカベンジャーの被害にあったことも報告していた。

「こちらからも報告はするが、その件は街のギルドにも報告してくれ。回収した女神カードもそちらに頼む」

それは災難だったと言わんばかりに同情の視線を向けるも、その場を離れられないギルド職員にギルドへの報告を頼まれた。

濃密な戦闘を経験したせいかかなり長い時間ダンジョンにいたと思っていたが、日が傾くにはまだ時間がありそうだった。


冒険者ギルドに戻り、買い取りカウンターで魔石や細かな素材を渡し、荷運びをしているジラルドたちが背負っていた大物、ブレードドールウルフの素材も解体場に運ばれ査定が行われている。

「グラシアが報告に行っているけど、長くなりそうだよね」

「ボクもそう思う！」

「メイリアが角ウサギ亭に行きたいって言っていたし、先にお店行って席取ってくるね」

「いや待て！　ボウズらちょっと来い！」

二人とその後の予定を打ち合わせていると、俺たちを呼ぶ声が聞こえた。突然声をかけてきたのは、ギルマスのダグラスさんだ。

この人はナターシャさんの旦那さんだったらしい。戦闘評価の時にすぐに教官に来たのは尻に敷かれているからだろうか。

早目にギルドを出て、ブレードドールウルフを倒したことについてのギルマスからの聴取という名の長話を回避しようと思ったのに、無理だったぽい。


一応周りに聞こえないようにか、ギルマスの部屋に連れていかれる俺たち。

「お前がブレードドールウルフを倒したそうだな。どうやったんだ？」

「魔法をぶっ放して倒しましたよ。何発も必要でしたが」

「それだよ聞きたいのは！　ブレードドールウルフは魔法が効きづらいタイプの魔物だ。それに物理攻撃をしようとしても、ブレードを使って受け止めたり弾いたりと器用に戦うから倒しにくいんだ。それなのに魔法で倒したとか、どうやったのか詳しく説明しろ」

ダグラスさんの説明を受け、すれ違いざまに放った魔法が効果を見せなかった理由がわかり、ようやく腑《ふ》に落ちた。

「あー。やっぱり魔法効きにくい相手だったんですね。燃費のいい魔法を放っても弾かれていたのは、そういうことだったのか」

強い魔物は魔法が効きにくいこともあるのか。気をつけないと何もできずに殺されるから注意しようと心に刻む。

「そうだ！　だから説明をしろ！」

「いやあ。初めに弱い魔法を放ってわざと跳び上がらせたところに、強い魔法を空中に三連射、着地したところに三連射です。それでも死ななかったので取り巻きのウルフをけしかけられましたが、仲間にカバーしてもらってやっと止めを刺したんですよ」

「その強い魔法ってのはどんなやつだ！」

「いえ、手の内は秘密ですよ」

「チッ、若造が自慢げに話すと思ったのにな」

「誘導尋問ですかッ」

モース硬度九の炭化タングステンを連想してくださいとか説明しても、理解できる人はいないだろうし、俺の説明を聞いてもブレードドールウルフ対策の役に立たないと思うぞ。

「でもまあ……、女神フェルミエーナ様に感謝の気持ちを込めて、きちんとした祈りを捧《ささ》げているからじゃないですかね」

「魔法を使う前のあれか？」

俺の回答を聞くと、胡散臭《うさんくさ》そうな詐欺師でも見るような眼差しを向けてくるギルマス。

「そうです、そうです。心を込めたお祈りは基本ですよ」

実際問題、女神フェルミエーナを軽視していると魔法の行使に必要な魔力量が増えるから、数撃てなくなるのは間違いない。

魔法の威力に影響があるかは検証したことないけど、仮に影響があったとしたら、敬意を払って祈ることで本来の威力に戻るはず。影響がなかったとしても、増えた手数で対処できれば強くなった印象は受けるだろう。

神力《しんりき》の回復に役立つだろうし、本人にとっても良いことずくめ。やって損はないはずだ。

「……まあ、検証は必要だが参考にさせてもらおう」

――ギルマスは腑に落ちてはいないようだ。俺の言い方が悪かったか？

とはいえ、検証すると言っているし、一歩前進か？。

「まあいい。二層の上位種を倒せるなら、お前たちはDランクだ。ジラルドは評価が足らないから
Eランクのままだぞ」

Dランク。確か冒険者として一人前の評価だったな。まだまだ足らないところはいくらでもある
気がするのだが……

「おお。これは打ち上げとランクアップの祝勝会ですね！」

早く角ウサギ亭の席を押さえないと！

「スカベンジャーと【一陣の風】の話も聞きたいんだがな」

「そっちは【流星の欠片】の説明と変わりませんよ」

話を振られないよう、予防線を張っておく。

「わかった。まあいい三人は受付に行ってランクアップしてこい」

「グラシア。先に角ウサギ亭に行って席を取っておきますね」

「わかった」

そう言うとジラルドたちが微妙に恨めしそうな視線を向けてきたが、無視してフィールズたちと
一緒に部屋を出る。

一階の受け付けでランクアップを済ませ移動しようとすると、二人はグラシアを待つと言ってきた。それなら俺の配分も一緒に受け取ってもらうようフィールズに頼むと、快諾してくれた。

気の良い仲間でとてもありがたい。


グラシアたちに先んじて角ウサギ亭に着いた俺は、宿に入ると受付に座るツーリアちゃんに声をかけた。

「こんにちは。六人で席を取りたいんだけど空いているかな？」

「エルさんこんにちは。まだ混み始めてないから大丈夫だよ」

俺の姿を見ると、花が咲いたような満面の笑みを浮かべ丁寧に対応してくれた。

食堂側に視線を向けると、夕方前とはいえさすが角ウサギ亭、すでに半分近くの席がお客さんで埋まり始めている。

「六人なんて大人数は珍しいですね？」

「知り合いのパーティーに交ぜてもらって、ダンジョンに行ってきたんだよ」

「ダンジョンって危なくないですか？」

心配する声で、目を潤ませながら上目遣いでこっちを見てくる彼女の姿は、小動物のような可愛《かわい》らしさで、思わず頭を撫でてしまった。

するとと、撫でられて嬉しいのか目を細め、やがて不安そうだった顔は穏やかな表情へと変わっていった。

「ダンジョンに危険がないとは言わないけど、無事帰るためにパーティーを組むんだよ。だから今日は六人なんだ」

「そうですよね。でも危ない真似はしないでくださいね」

「俺だって死にたくないから危険なことはしないよ。ちゃんと調べて準備をするさ」

そう告げると納得し、安心したのか、いつものように花が咲いたような笑顔を浮かべるツーリアちゃん。

心が穏やかになったことでチェスターさんの言伝《ことづて》を思い出したのかツーリアちゃんが、その場で話し始めた。

「エルさん。食事が終わったらでいいからお父さんがまた来てほしいんだって」

「フィールズたちが来るまでまだ時間があるし、今から行くよ。席とっておいてくれる？　俺が戻るより先にフィールズたちが着いたら先に始めてて、と伝えてね」

わかりました。と可愛らしく笑みを浮かべお辞儀をしたあと、六人掛けのテーブルに移動し、予約席と書かれた六角柱の目印を置いていった。

今から食事を始めて食後に厨房《ちゅうぼう》に行ったら、一番忙しい時間と被《かぶ》ってしまうだろうし、先に用件を済ませてしまおう。

「来たか、エル」

厨房に顔を出した俺にいち早く気づいたチェスターさんが声をかけてきた。

「裏口からこんにちは。チェスターさん何の用ですか？」

「テト。エルからこないだ届いた圧力鍋？　の使い方を聞いておいてくれ」

「わかったよ父さん」

夕方のお客さんが入り始めたからか、チェスターさんはすでに忙しそうに調理をしている。

テトに圧力鍋は無水調理鍋と違って、必ず水を入れないといけないこと、肉や野菜が短時間で柔らかく煮込めるので煮込み料理に適していることを伝える。他にも、火加減は蒸気が出だしたら弱火にする、中身の入れすぎに注意などの注意事項も教えておく。

何と言っても蓋《ふた》の高さまで具材を入れすぎると、野菜で蒸気の抜け道を塞《ふさ》がれ、圧力が高まりすぎて、最悪鍋が破裂する。大半は蓋だけが飛ぶけど中身も一緒に飛んで大惨事になるしね。

圧力鍋の説明を終えると、ちょうど注文を受けた料理の調理が済んだようで、チェスターさんが顔を出す。

「エル。ちょっと相談があるんだ」

「なんですか？」

「ソーセージなんだが、先日うちの食堂に精肉店のおやじが食べに来てな。ソーセージを精肉店でも作りたいって言うんだ」

「別に構わないんじゃないですか？」

「いいのか!?　エルが考えた料理だぞ」

「ええ。秘伝ではありませんし、むしろどんどん広がってほしいくらいです」

「なら精肉店のおやじに教えて構わないんだな？」

「構いませんよ。ただ、ソーセージの作り方だけで、美味《おい》しく作るチェスターさんが開発した味付けや調理法は、角ウサギ亭だけで味わえるものとした方がいいですよ」

「世話になっている精肉店だし教えたいんだが、オレの作り方は秘密にした方がいいのか？」

「チェスターさんがこだわって作った味を再現するのに、精肉店じゃそれほど調味料が揃っていないと思うんです。だから基本レシピだけ教えて、より美味しい味付けは専門店で提供する形がいいと思いますよ」

「調味料のことまで気が回らなかった」

「どうせならパン屋さんに協力を要請して、精肉店のソーセージをパン屋さんが買って、パンにソーセージを挟んだ食べ物。ホットドッグと名付けましょうか。それを販売してほしいですね。いずれはローゼグライム王国内のどの街でもホットドッグを購入できるようになると嬉しいです」

　思わず説明に熱がこもり、息を整えるためにも一息つく。

「それを踏まえて、基本の味だけ教えて、より美味しくするのは各店舗や各街で特色のある味付けにしてほしいんですよ。あと、冒険者の昼食用に買いたいので、がっつり冒険者メシとしてソーセージ二本乗せとかで朝から販売してほしいですね」

「街ごとに味が違うのか。旅先の楽しみになりそうだな」

「そうそう。ホットドッグの全国展開ですね。だから商業ギルドのマスターに、いま言った仕組みを各街で実現させてほしいですね」

「……ふむ」

「早朝に出発する冒険者にとっては、昼食の買い出しが早朝にできるのは便利ですしね」

この世界に生まれてから今日までの食生活の中で、前世のような美味しい食べ物が少ないと思っていた。だから、旅の途中で美味しいものを食べ歩きたいという俺の個人的な願望を、チェスターさん相手に熱弁する。

この時の熱意をチェスターさんが覚えていて、将来あんなことになるなんて、この時の俺は知る由《よし》もなかった。


話し込みすぎて打ち上げに遅れ、みんなにめちゃくちゃ怒られた。

六話　攻略と婚約と女神への土産

また一月がやってきて、俺たちは養護施設基準で十一歳になった。

無事Dランクに上がったし、冒険者では一人前と言われるランクだから、養護施設を出て一人で生活することにした。

養護施設は遺児を支援する施設だしね。就職先で一人前と言われているのに、いつまでも世話になるわけにはいかないだろうってことだ。

「こんにちは。今日からお世話になります」

「エルさん。約束通り来ましたね。お部屋に案内します」

受付に座っていたツーリアちゃんに挨拶《あいさつ》し、オレの来訪を待ちかねていた彼女が鍵を手に、部屋へと案内してくれる。


もちろん宿泊先は角《つの》ウサギ亭《てい》だ。

以前からチェスターさんには誘われていたんだけど、料理や調理器具を教えたおかげで食堂はますます繁盛している。そのせいか、何かあったらすぐ聞きに行けたり呼び出せるからという理由で、タダでいいから泊まってくれと。

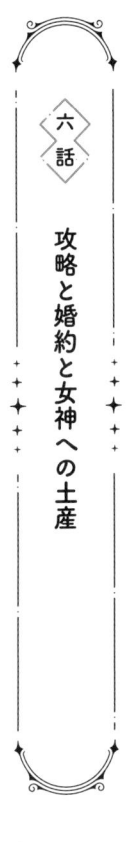

さすがに厚意に甘えすぎてタダというわけにもいかないので、一か月の家賃として銀貨三枚の支払いで落ち着いた。

俺は宿代が格安ってことで養護施設を出たけど、フィールズとメイリアはブレードドールウルフの素材でフィールズの剣を作るために、まだまだ貯金が必要なため、節約するためにも養護施設暮らしだ。

ランクが一人前でも装備が半人前では、何かあったときに命が危うい。

「宿を決めてからの最初の仕事だっ」

さっそくの一人暮らしだと気合を入れて一階に降りると、食堂でサーリナとスキラが床とテーブルを丁寧に清掃していた。

「二人も宿の仕事は順調そうだね」

「とても良い宿だしチェスターさん一家は優しいし、ここの仕事はずっと続けたいわっ」

テーブルを拭いていたサーリナは、作業の手を止め顔を上げて嬉しそうに返事をした。その笑みから、良い仕事に就けたと喜んでいることが手に取るようにわかる。

長続きしそうで紹介した俺は鼻が高い。

「エルさん。おはようございます」

受付カウンターから出てきたツーリアちゃんが、俺の目の前で挨拶してくれた。思わず頭に手を置き、ポンポンと優しく叩《たた》く。

ツーリアちゃんは嬉しそうに笑みを浮かべ、頬《ほお》に赤みがさしていた。

「ダンジョンに行ってくるね」

「行ってらっしゃい！」

とツーリアちゃんに送り出される。

この一連のやり取りが、どことなく夫婦が朝に行う一幕に思え、思い出し笑いでニヤつきながら街を歩く。

すれ違う人には不審者に思われたかもしれない……


「エル、お待たせッ」

「お待たせ」

「キュッ」

近頃はフィールズたちとダンジョンに潜っている。というよりなかなか資金の貯《た》まらない彼らの手伝いかな。

なにげに【女神のご褒美】で収納魔法が発現したから、仲間内と一部の人たちにはアイテムボックスを公開しているのだ。

たくさん素材を運べるから、今はダンジョンの三層で稼いでいる。

俺の収納魔法の表記は、アイテムボックスのカモフラージュのためだから、実際はなんの効果もない。

収納魔法自体は存在しても、出し入れに魔力を消費する上、維持にも中身の量によって魔力を消費するから、実用レベルで使用可能な人がほとんどいないというのが実情だ。

「さっそくダンジョンに行こう。宿でホットドッグを二人の分も買っておいたからね」

「うん。ありがとう」

二人は本当に嬉しそうに笑っている。

それもそのはず、何と言ってもチェスターさんお手製のソーセージを挟んだホットドッグだ。ハーブや塩などで下味の付けられたソーセージは、茹《ゆ》でるだけでも抜群に美味《おい》しい。本当にチェスターさんは何者なのだろう？　という疑問が浮かぶくらい料理の才能に溢《あふ》れていると思う。

フィールズは中古の剣と軽戦士風の防具を装備し、メイリアも胸当てや脛《すね》当てと防具も整ってきている。荷物用にリュックは必需品だ。

なんせ一人前のDランク冒険者だしね！

「とにかくフィールズの剣を作るのに稼がないとね」

「ごめんね。あの時みんなで分ける素材をボクだけ貰《もら》って」

実は上位種から取れた刃の素材は、角だけ異様に高くて、分けるのに臨時メンバーの俺たちが角、流星の欠片《かけら》がその他全部で配分のバランスを取ったのだ。

俺とメイリアが素材を貰っても、生かしきれないのは明白だし、フィールズが活用するのが一番だ。

「気にしなくてもいいよ。とにかくダンジョンに行こう」

フィールズが楽しそうに、メイリアが真面目な面持ちで頷《うなず》き、ウサオが耳をくるりと左右に回していた。

ダンジョンに入り一層の草原を一直線に進み、二層の階段まで進む。二層では他の冒険者の近くを通りながら「手伝うかー？」と声をかけつつ移動した。

戦闘を最小限にしたため、あっという間に三層までたどり着いたが、歩き通しで疲れたので、俺たちは少し休憩することにした。

「エルの作るこのトーチカ？　安全に戦えるし、休憩するときにも便利だね」

「女神のご褒美に収納魔法が貰えて助かったよ」

以前の戦闘で簡易砦《とりで》を作ったのを改良し、百八十センチほどの高さの円筒形の壁を象《かたど》り、ドーム型の屋根をのせた防御壁を作ったのだ。

周囲の様子を確認できるように、銃眼じゃないけど覗《のぞ》き穴を何か所か開けて、そこから魔法を放つことで戦闘もできる。

事前に作ってアイテムボックスに収納することで、毎回魔力を大量消費して壁を作る必要がなくなり、強い攻撃魔法が必要な三層でも安全に狩りができるようになった。

「ジャイアントアントは硬いから、エルの魔法じゃないと倒せないのが難点だね」

「頭と胴体は防具に使う素材だから硬いけど、お腹の方はメイリアの魔法でも通用するんじゃない？」

「お腹を狙っても、頭部や脚で防御されちゃうのよ」

三層はアリの魔物が出現し、その大半は働き蟻《ジャイアントアント》だ。

このダンジョンは三層までしかないから、奥にボス部屋があって、そこに女王蟻《クイーンアント》と兵隊蟻《ソルジャーアント》が鎮座しているらしい。

「今日はボスも狙っていくよ」

「うん。ソルジャーアントの素材はジャイアントアントよりも高価だしね」

「それじゃ休憩を切り上げて出発しよう」

三層を狩場にしている冒険者は数少なく、グラシアたちの親父《おやじ》さんのパーティー【輝く流星】の他は、数パーティーだけだ。三層は草原だけのエリアで、一、二層のような林はない。そして、ところどころに巨大な蟻塚《ありづか》があり、近づく者を追い払おうと、数匹ずつジャイアントアントが出てくる。

フィールズが蟻塚に近づき誘い出す。

「キュッ」

「フィールズ来たぞ、戦闘準備だ」

などと言いつつ、駆け戻るフィールズが俺のそばに着いたら、トーチカを出して守りを固め内部に引きこもる。

「ある程度近づいたら攻撃するぞ」

「あんまり遠くで倒すと、回収するのに蟻塚に近づきすぎるもんね」

「続けてジャイアントアントが出てきちゃうわね」

「そうそう」

何度も戦っているからメイリアにも余裕が見られ、軽口を叩く。

トーチカに突進したり齧《かじ》りつこうと「ギギギッ」と顎《あご》を鳴らすジャイアントアント。

「よし！　攻撃しよう」

「了解」」

土魔法で作り出したアースジャベリンでジャイアントアントの頭部を狙い、撃ち抜いていく。

――ドスッ
「ギギャギャッ」

断末魔を上げるジャイアントアント。

十分引きつけているから外すことはない。

フィールズは相変わらず魔物の全身を、生活魔法の湧水《ウォーター》で包み込んで窒息させている。

蟻《あり》が呼吸に使う気門はどこにあるかわからないし、窒息まで少し時間がかかるようで、水球の中で必死に藻掻《もが》いている。

あまり人目につかない場所では、フィールズの生活魔法攻撃を解禁している。トーチカの中でずっと待っているだけじゃ退屈だし活躍したいだろうからね。

「トーチカの周囲は倒せたみたいだね」

「キュキュッ」

「ウサオも大丈夫って言っているわ」

メイリアは、白くふわふわの毛並みのウサオを撫でつつ安全を報告する。

「ならトーチカしまって、ジャイアントアントを回収するか」

同じように何度か戦闘を繰り返しながら草原を進むと、突如前方に白いドーム状の巨大な施設が見えてきた。

「あの白いのがボス部屋かな？」

「多分そうだと思う。ボクが【輝く流星】に聞いていたのとそっくりだよ」

「あそこにクイーンアントがいるのね」

「キュキュッ」

ドーム状の施設は前世で言うところの野球場ほどの大きさがあり、内部で戦闘をするには十分な広さが確保されているように思える。

白い壁はコンクリートか漆喰《しっくい》のような質感で、近くで見ると表面はざらざらとした感触だが、叩いてみるとしっかりとした厚みがあるような音が鳴る。

攻撃魔法を放ち大暴れしても、崩れる心配はなさそうだ。

「中に入ったらすぐに戦闘になるから、トーチカを真上に出すぞ」

壁と天井だけを作り、床を作ってないから、真上に出すとそのままトーチカの内部に引きこもれるのだ。

扉を開けボス部屋に入ると、内部には十分な明るさがあり、灯火《ライト》などの光源で照らす必要はまったくなかった。

地面もきちんと整備されており、走り回っても転びそうにないほど凹凸がなく平坦《へいたん》だが、剥《む》き出しの地肌は砂埃《すなぼこり》を巻き上げそうな気がする。

他のエリアと違い、不自然なまでに人工的な空間だった。


ドームの中央にはクイーンアントと、取り巻きのソルジャーアント六匹が「ギギギッ」と顎を鳴らしながらこちらに敵意を向けている。

ボスからの敵意の高まりを感じ、すかさずトーチカを取り出す。

「戦闘開始！　手加減無用だ！」

「ボクがんばるよ！　近づいてくるまで何もできないけど」

「キュッ」

俺が号令を出すとフィールズがそれに応え、メイリアは緊張しているのか声を出さず、代わりにウサオが気合を入れた。

ソルジャーアントが一斉に走り出し、こちらに突進をかけてくる。

「「「ギギギッ」」」

ドガッと鈍く重い音を立ててトーチカに衝撃が走り、齧りついているのかギキィーッと金属を引っ掻いたような不快な音を立てている。

「トーチカの強度は大丈夫そうだな」

防御壁の頑強さに安堵《あんど》し、アースジャベリンの魔法を飛ばしソルジャーアントを蹴散らしていく。

「あとはボスだけだ」

低層の取り巻きだからか、ジャイアントアントとさほど強さの違いを感じられなかった。

ソルジャーアントが倒されても何も思わないのか、大きな腹を引きずりながらクイーンアントも突進してくる。

クイーンアントが地面を引き摺《ず》るようにしている巨大な腹部を狙って、進路上にある地面に高さの低い剣山《グランドパイク》のような棘をクイーンアントに向けて斜めに生やす。トーチカ手前には頭部を狙って剣山《グランドパイク》のような棘を生やした。

「重量がありそうだからトーチカも跳ね飛ばされるかもしれない。後方から脱出しよう」

クイーンアントの目線は低いため、トーチカの裏側に穴を開けても俺たちの脱出に気づかない。

地面から生えた剣山《グランドパイク》のような棘の上に突進してきたクイーンアントは、高い位置にある頭部と胸部が無傷で通過した後、腹部に地面から生えた剣山《グランドパイク》のような棘が突き刺さったが、走る勢いは止まらずそのまま腹部が引き裂かれた。

「ギギッ」

クイーンアントは腹部から体液を流しながらも、トーチカを目指す勢いは衰えない。昆虫型の魔物は痛みを感じないのか？

気になる疑問が浮かぶが、今はボス戦の最中だ。と思考を切り替える。

続けてトーチカ前の剣山《グランドパイク》のような棘に頭部からぶつかるが、こちらは根元から折れクイーンアントを傷つけることはできなかった。多少は勢いが弱まったが、そのままトーチカを体当たりで弾《はじ》き飛ばす。

俺たちは飛んできたトーチカを避けるため、俺は右にフィールズたちは左に飛びのいた。

「さすがにボスともなると硬いな！」

クイーンアントは人数の多いフィールズたちに狙いを定めるが、メイリアが必死に土魔法を放ち抵抗を見せる。クイーンアントは仰《の》け反《ぞ》りながらも足を前に進めながら、じりじりと近づいてくる。

右によけた俺はクイーンアントの側面に移動し、腹部だけでなく腹部の付け根にもアースジャベリンを乱射する。

「メイリアそのまま引きつけてくれ！」

俺は左後方に移動し、狙われているフィールズたちを援護しようとアースジャベリンを夢中で連射していた。

「キュキュッ」

「ぐあっ!?」

突如、強い衝撃と共に俺は弾き飛ばされた。

より深く撃ち込もうと位置を変えた際、クイーンアントに近づきすぎて後ろ足で蹴り飛ばされたようだ。蹴られた衝撃で肺の中の空気が押し出され息が詰まる。

そのまま数メートル地面を滑り、鉤爪《かぎづめ》になった部分で切り裂かれた脇腹の痛みに苦悶《くもん》の声が漏れる。

同時に、大きな損傷を受けているのにそれをものともしないクイーンアントの生命力に恐れを抱く。

「エルっ、大丈夫か！」

フィールズの悲痛な声が聞こえるが、こちらは声を上げることができない。

さっきウサオが鳴いたのは、俺が近づきすぎているという警告だったのか。

しかし不幸中の幸いか、腹部が裂けたクイーンアントの内部を狙うのには絶好の位置に飛ばされ、横たわる姿勢から上体を起こし、夢中でアースジャベリンを撃ち出しまくった。

ほどなくして、クイーンアントが前のめりに倒れ、俺は痛む体に鞭打《むちう》ち、何とか意識を集中して自分で回復魔法をかけていた。人体は複雑な構造をしているからかなりの魔力を消費したが、傷が塞《ふさ》がり何とか傷跡も残らないように治療できた。

「フィールズすまん。息が詰まって声が出せなかった。一応無事だ」

「ボクたちも無事だよ！」

フィールズが興奮気味に答える。

「血がでてるけど、本当に大丈夫？」

俺の服に着いた血を見て、血相を変えたメイリアも心配そうに聞いてくる。

「必死だったから気づいたらこうなってた。もう回復魔法で治療したから痛みもないよ」

メイリアを気遣ってなんでもない風を装い、服の裂けた部分をめくり傷のない肌を見せる。

「ウサオも教えてくれてありがとな」

「キュッ」

ウサオの頭をモフりつつお礼を言う。手触りいいよな、本当に。

「メイリアが引きつけてくれたから倒せたよ」

「わたしは必死にやっていただけよ」

「エルの土魔法で罠《わな》をしかけたり何度も攻撃したのに、物凄《ものすご》く耐えてたね！」

「そうだな。本当にしぶとかった」

「少しくらい傷ついても、平気な顔して襲ってきたよね。怖かった〜」

ダンジョンボスに相応《ふさわ》しく、物凄い体力の持ち主だったと感想を述べる。

ボスと取り巻きの死体を回収し、トーチカも収納した。

トーチカは地面に置いてあるだけなのが功を奏したのか、潰《つぶ》されたり凹《へこ》まされたりせずに、単純に弾き飛ばされただけで済んで、帰り道でも十分使用できそうだった。


ボス戦を終えた俺たちは、ボス部屋の中で昼食にすることにした。

「ほら角ウサギ亭の冒険者メシだ」

パンに縦の切れ込みを入れレタスを敷いて、チェスターさん特製のソーセージを二本入れた、贅《ぜい》沢《たく》なホットドッグだ。もちろんチェスターさんが独自に開発したオリジナルソースがかかって、味の方は抜群に美味しい。

「「エル。ありがとう」」

二人は受け取り、いつものように女神フェルミエーナ様への感謝を込めて、

「「女神フェルミエーナ様ありがとう、いただきます！」」

と言うと、さっそくとばかりに美味しそうに齧りつく。

その無邪気な二人の様子を眺めながら、少し遅れて「女神フェルミエーナ様ありがとう、いただきます」とお祈りをする。

「ボス部屋なんて珍しいから、俺は食べながら見て回るよ」

メイリアに「お行儀悪いよ」と言われつつ、行ってくると返して魔力感知を適宜行う。

今回ボスに挑んだ理由は、何も素材集めだけじゃない。

女神様に渡すダンジョンコアが、このボス部屋にはあるはずなんだ。

女神の神域での記憶によると、ダンジョンコアは球体ではあるが、内部に入った人間に見つからないよう、何かしらに擬態しているとのこと。

そこらに落ちている石ころに擬態し、興味を持たれないように対策しているらしい。

そして、ダンジョンに入った人々の行動や感情を学び女神の力で昇華し、混沌神《こんとんしん》の元に送られ眷《けん》属《ぞく》となる。

しかし魔力を内包したものだから、魔力感知に反応するらしい。

探し始めてほどなくすると、トカゲに擬態したダンジョンコアが見つかり、アイテムボックスに放り込んだ。

トカゲ姿だったが本物と違い動きは鈍く、アイテムボックスに収納できるから生物ではないのは間違いなかった。

二人と合流しダンジョンカードを確認すると、

以前は【ダンジョン：トーアレド☆三層】と表示されていたのが【ダンジョン：トーアレド　踏破】に変わっていた。

【☆】が【　（空白）】に代わっているのは、ダンジョンコアの有無かな？

だとしたら、初めて入るダンジョンでも、ダンジョンコアの有無が調べられる、有力な手掛かりになるかもしれない。

何度か検証する必要はあるけど、新しくダンジョンに侵入する際はダンジョンカードにも気を配っておこう。

「そろそろ出発しようか。体力と魔力はどう？」

「ボクはもう大丈夫」

「わたしも行けるわ」

「キュッ」

昼食としっかりと休憩をとったことで、二人は気力十分っぽいな。

「俺は疲れたよ。ボス戦がこんなに大変だとは思わなかったね」

「ならにろっか」

「そうね」

「キュッ」

俺が疲労を訴えると、労《ねぎら》うようにフィールズたちは帰還に同意してくれた。

俺はボス戦で、肉体的にも精神的にも疲れたよ。

トーチカに守られて倒すのと違い、敵と対峙《たいじ》し自分の命を危険にさらし、神経をすり減らす行為の果てにようやく倒した疲労感は半端ない。

クイーンアントと対峙して引きつけていたのに、フィールズは疲れてないのだろうか。

「本当に限界まで疲れたから助かるよ。あとボス部屋の中で宝珠を七個も見つけた」

「ぜんぜん人が来ないから、拾われない宝珠がいっぱいあったんだね」

「行きじゃ一つも見つけてないのにね」

「三層まで最短距離で来たから、人通りが多くて回収済みだっただけでしょ」

ダンジョンとかボス部屋とかゲームっぽいけど、実際にはゲームじゃないからボスを倒しても宝箱が出たりはしないのだ。代わりに部屋の中に宝珠が落ちていたけどね。

ただ、深い層ほど良いものが出る傾向にあるから、中身には期待したい。

上の層で見つけたことある宝珠は黄色ばっかりだったしね。

以前、黄色の宝珠を開けたときは【瓶詰めの塩】だったな、それ以降は低層で取れる黄色の宝珠は開けずに売却一択。

「そうそう。クイーンアントの素材はフィールズの装備にして、俺とメイリアはソルジャーの素材で防具でも作ろうか」

「ボクがクイーンアントの素材使っていいの？」

「前衛のフィールズがいい素材使うのは、パーティーの安定性に必須じゃないか。俺とメイリアはソルジャーアントの素材でいいよ。たくさんあるし今の身長だと成長したらまた作り直す必要もあるから、高級素材で作るのは勿体《もったい》ないしね」

フィールズの背丈はすでに百六十センチある。まだ十一歳なのにでかい。

俺は百二十センチでメイリアが百二十五センチ、メイリアに差をつけられているし……

フィールズはメイリアの頭をよく撫でているけど、なぜか俺の頭も撫でてくるんだよな。身長差があるせいで、手を伸ばせばちょうど良いとこに頭があるせいだろうか……


ああ、身長が欲しい、切実に。


そうこうしていると三層の入り口が見えてきた。この辺りまで来ると休憩している冒険者パーティーが複数いたりする。

三層は蟻塚に近づかなければ襲われないし、たまに周辺をうろつくジャイアントアントもいるが数も少ない。周囲を十分警戒していれば対処が可能なため、二層で狩りをしているパーティーも休憩に利用しているのだ。

「ボウズたちは撤退か」

休憩していた【輝く流星】から声がかかった。

「そうなんです。大変だったので引き上げます」

「気をつけて帰れよ」

「ありがとう」

冒険者はならず者とはよく言われるが、三層まで来るパーティーだと、さすがに研鑽《けんさん》を積まないと到達できない場所であるが故、まともなパーティーが多い。

「ハッ。ガキが調子に乗ってんじゃねーぞ」

まともなパーティーが目線で止めてくれるから、比較的トラブルにならないけど、こういうやんちゃなのもちゃんといます。

「ケッ」と捨《す》て台詞《ぜりふ》っぽい言葉を発したのち視線を逸《そ》らした。

もちろん俺たちはスルーしつつ、とっとと二層へ上がっていく。

行き同様、二層も戦闘を避けつつ通り抜けていたが、負傷者に肩を貸しながら出口を目指す【流星の欠片】を見つけた。

「ジェレイミ大丈夫か？　こいつらは？」

「エルか。新しいメンバーだ」

「この怪我《けが》した二人は、ジラルドの年下の友達で、最近加入したメンバーなんだよ。エルたちが臨時で参加したときの感触から、人数を補強した方がいいと思ってね」

グラシアが端的に答え、ジェレイミが補足していく。

いつもの流星の欠片って感じだ。

「俺たちと臨時で組んだときみたいに、ホーンラビットで連携を確かめなかったのか？」

「ホーンラビットは倒せた」

「二人がかりでね。それに調子づいて二層に行こうとゴネ出してこのザマなんだ」

「ポーションは飲ませたのか？」

「いや、こいつらポーション代払えるほど持ってないしな」

新入りには、なかなかシビアなんだな。

「回復まほ……」「必要ない！」

俺のセリフにグラシアが強く被《かぶ》せてきた。女神神殿に寄って回復魔法の施術を受けるか聞きたかったが、ポーション代が払えないくらいならバカ高い回復魔法も受けられないか。治療費の後払いは可能だけど、払えなかったら借金奴隷に落とされるしな。

むしろ聖フェルミエーナ皇国の息がかかった女神神殿だと、それを誘発しているような節もあると聞く。

養護施設に戻ってリリアンヌに回復魔法を頼むという手もあるけど、グラシアの様子だと断りそうな気がする。

「調子に乗って痛い思いをしたことを、忘れてほしくないからね。自分が怪我するだけなら好きにすればいいけど、一緒にいるパーティーメンバーまで巻き添えにするなら、一緒には組めないしね」

ジェレイミもなかなか厳しい意見だが、俺も同感だ。

自分の命を他人の不手際で散らしたくはない。自分で蒔《ま》いた種なら自業自得と諦めもつくが、巻き込まれて命を落とすのは後悔しか生まれない。例えるなら、スカベンジャーに遭遇したようなものだと思うと、以前のこともあって憤りを禁じ得ない。

「負傷者抱えていちゃ戦闘できないだろ、俺たちが先行するよ」

「助かる」

グラシアもまずいと思っていたのか、俺たちの助力に感謝を告げる。

「フィールズは殿《しんがり》をお願い。メイリアは俺と一緒にウサオと前方の警戒だね」

「「了解」」

隊列が長くなりそうだから、何かあってもトーチカは出せないな。出したら後方の誰かが潰されるか、トーチカの外でポツンとしそうだしね。

「キュッ」

時折ウルフやホーンラビットの襲撃があり、俺とメイリアの土魔法で蹴散らしていくが、回収や剥《は》ぎ取りはしない。

あまりアイテムボックスを見せたくないしね。特に新メンバーとかいうよく知らない奴らにはね。

程なくして無事ダンジョンを出られたが、まだ日は高い。

「外だな」

「ここまで先導してくれてありがとう。助かったよ」

【流星の欠片】と別れ、俺たちは宝珠を開封するため人気のないところを探し、東の草原に向かった。

「何か良いもの出るといいね」

「そうだが、これから開けるからわかることだぞ」

「そうなんだけど、楽しみなんだよ」

「わたしも楽しみだわ」

二人は待ち遠しくてワクワクしていて楽しそうな笑顔を浮かべている。

「赤色二個、青色三個、黄色二個の全部で七個だよ。赤色の宝珠から開けるね」

開封すると、魔石の付いた短剣と槍《やり》っぽいのが出た。

「短剣は魔法剣みたいだね」

とフィールズが手に取り魔石に指を滑らせると、短剣の先端から中ほどまでの刃から炎が上がる。

「炎の魔法剣だね。便利そう」

ジャイアントアントの死体を取り出し「ちょっと脚でも切ってみて」とフィールズに促す。

「やってみるね」

炎を灯《とも》した短剣をジャイアントアントの脚に切りつけると、紙を切り裂くかの如く容易《たやす》く短剣が通った。

「すっごく簡単に切れるね。短剣の当たる手応えもほどんと感じなかったよ」

「そんなすごい短剣なら、フィールズが使った方がよさそうだね」

「槍はどうするの？」

「使い手いないから売る？」

【輝く流星】に槍使いの人いたから渡してもいい？」

「剣の稽古や中古の剣貰っているから、お礼に渡そうか？」

「ありがとう！　そうしたいっ」

「んじゃ、次は青色の宝珠を開けてくね」

　こちらはカバンが二つと長方形の物体が出た。

「カバンはマジックバッグかな？」

「多分そうだね。こっちの魔石が二個付いているのもそうかな？」

「交互に魔石の魔力を消費するんじゃない？　魔力切れた方は交換するんでしょ」

「それだとこっちもマジックバッグだね」

「そうだな。俺と別行動することもあるし、価値が高そうな永久稼働型のマジックバッグはメイリアに持ってもらって、もう一つの魔石消費型のやつは、売って装備を作る資金にしよう」

「ボクの剣だけじゃなくて、三人とも防具を作るからお金が必要になるもんね」

　ブレードドールウルフの剣にクイーンアントの防具、サブウエポンに魔法剣とフィールズの装備は充実しているな。まだ作ってないけど。

「二人とも武器や魔道具一個ずつ渡ったし、俺はこの長方形のやつ貰っていい？」

「使い方がわからないけど、その変なのでいいの？」

「魔石の付いていない魔道具だから永久稼働するし、それなりに価値はあるんじゃないかな」

「エルがいいなら、ボクたちはいいけど。まだこっちが貰いすぎな気がするよ」

幅六十センチ奥行き三十センチ、厚み五センチほどの直方体で、平面の二か所に直径十五センチほどの丸が描かれており、丸の手前にはそれぞれ上下の二つの小さな四角と左右に十五個の四角が刻まれていた。

パッと見は前世のＩＨヒーターの形状で、上下の二つの四角はＯＮ／ＯＦＦで、十五個の四角は火力調節だと思われる。五個が水色、十個が赤色になっていて、ひょっとしたら氷も作れるんじゃないだろうか？

このあと角ウサギ亭でいろいろ試してみようか。売るとしてもその後でもいいしね。

「黄色の宝珠は開ける？　売る？」

「深い階層のだから、せっかくだし開けようよ」

フィールズの同意も得たし、開けてしまおう。俺も中身が気になるし。

メイリアは何も言ってないが、フィールズがいいと言えばメイリアだって反対しないから大丈夫だ。

最後の二個となった宝珠を開けると、灰色の中に青白さを混ぜ合わせたような金属と銀色に青白さを合わせた金属のインゴットが出てきた。

「これって鋼《はがね》と……魔白銀《ミスリル》？」

黄色の宝珠を購入していた人が欲しがっているヤツだよね……

「ボクたちは魔剣と魔道具で貰いすぎだから、それはエルの取り分にしてよ」

「わかった。ありがたく貰っておくよ。みんな高価なものを持っているのだから、言いふらしたり見せびらかしたりしないようにね」

「そうだね。わかったよ」

高価なもの、誰もが欲しがるものを持っているのを知られると、トラブルのもとになるし下種《げす》な人間を招き寄せかねない。二人もすぐに納得してくれた。

宝珠の中身の分配が決まったとこで、東門へ移動する。

【輝く流星】にお礼ができるのが嬉しくて、短剣と槍を持っていたフィールズだが、門番にめっちゃ怒られていた。

理由は刃がむき出しの武器を持っていたからで「鞘《さや》に入れるとか布を巻き付けるとかして、抜き身で街に入るな！」って詰め寄られていた。


ギルドに到着するとグラシアたち【流星の欠片】の三人が少し暗い雰囲気で売店前の待ち合わせ場所に座っていた。

フィールズたちをグラシアたちの様子を聞きに行かせ、俺はナターシャさんに小声で話しかける。

「ナターシャさん、ちょっと大物倒したし多分高額なものを手に入れたから、周りに聞かれないとこで話したいんだけど……」

「ギルマスの部屋に行くから付いてきな」

ナターシャさんに先導され、ギルマスの部屋をノックする。

「あたしだよ、入っていいかい」

「いいぞ、入りな」

ギルマスから応答があり、部屋に入り二人で向かい合ってソファに腰掛ける。

「ボウズ、何の用だ」

「大物を倒したから解体を頼みたいのと、おそらく高額になる魔道具を売りたいです」

と言いながらダンジョンカードをテーブルに置き、踏破と表記されている部分を指さす。

「うおっ、こいつの解体か……」

テーブルに置かれたダンジョンカードの文字が、一読しただけでは信じられなかったのか食い入るように見つめるギルマス。踏破の文字に驚くも気持ちを切り替え、解体に出されるであろう魔物を言い当てた。

「そうですね。それに、取り巻きと途中で倒したヤツの解体もあります」

「ああ、わかった。それで高額の魔道具は？」

「これです」と魔石消費型のマジックバッグをテーブルに出す。

「マジックバッグか。これがあのダンジョンから出たのか」

「三層の宝珠から出ました。俺とフィールズとメイリアの三人で踏破しましたが、まだまだ若造なので踏破を喧伝《けんでん》したくはありません」

「三人でどうやって倒すんだっ！　アレは何組もの冒険者でレイドパーティーを組んで、死人も出しながら倒すんだぞ！」

ダンジョンボスはかなり大掛かりな編成を組んで、冒険者ギルドの総力を挙げて倒すような魔物なのか。

「ですから喧伝したくないんですよ。三人で倒せると思われたら、無茶して帰ってこなくなるパーティーが出てきますよ。それにこの魔道具もボスの部屋で拾った宝珠からです。その情報が出回ったらさらに増えますよ。先ほども【流星の欠片】の新入りが無謀な挑戦で怪我したばかりです」

「そっちは聞いている。ギルドに借金して治療していたぞ。しばらくは塩漬け依頼をそいつらに振る形になるな」

グラシアたちが暗い顔していたのは、稼ぎの悪い依頼に回されるからか。

「解体も秘密でやらねーとだな。クイーンアントの討伐者が現れたと噂《うわさ》になれば、面倒なことになる未来しか見えねえ。そんで解体後はどこまでギルドに収めるつもりだ」

「クイーンアントから取れる防具用の素材は引き取るし、ソルジャーアントから取れる防具用素材も五人分引き取ります。残った魔石は売却です」

「わかった。まだ混む時間帯じゃないから解体場に行くぞ」

ギルマスの部屋の前でナターシャさんが「この子たちに協力するんだよ」と念を押し、俺はナターシャさんにお礼を言って別れた。

ナターシャさんはギルマス相手に強気な態度を見せている。若干尻に敷かれて不服そうな顔を見せるギルマスだが、満更《まんざら》でもないような穏やかな雰囲気が漂っている。意外にも夫婦仲は悪くないようだ。

ギルドの裏手に回り、訓練所も抜けて解体場に着くと、解体場の若手を扉の前に立たせ、立ち入り禁止にした。

解体の血で赤茶けて汚れが残った床に、釣り上げて解体をするためのフックがぶら下がっているのが見える。

「早速出してくれ」

ギルマスが示す位置に、まずボス部屋のクイーンアントとソルジャーアントを出す。

「残りは普通のジャイアントアントとウルフとホーンラビットです」

「そっちは後でいいだろ。見られてもかまやしないやつだしな」

封鎖時間を少しでも減らすために、解体場の職員に手早く指示を飛ばし、クイーンアントから順に査定を済ませる。

「査定が済んだら、一旦《いったん》俺のマジックバッグに仕舞うぞ。密《ひそ》かに解体するからお前たちは残業だ」

ギルマスが職員に無慈悲な宣言をする。

解体場にいたギルド職員たちは、「横暴だ！」とか「無茶言うな！」など口々に不平を漏らすも、ギルマスの「終わったら酒を奢《おご》る！」の一言に色めき立つ。だがよく考えてほしい。

残業が終わってから飲みに行っても、いい感じに酔いが回って楽しくなってくる頃には閉店時間が過ぎて店から追い出されると思う。ギルマスの甘い誘いに騙《だま》されて、上手《うま》く使われていると気づくべきだな。

俺も解体してほしいギルマス側の立ち位置だから、わざわざ口にしないけど。

「ソルジャーアントは見た目が変わらないから、ジャイアントアントと一緒に解体するぞ。どれだけあるんだ？」

と言い、ギルマスは査定の済んだクイーンアントだけを仕舞った。

「二十四匹くらいありますね」

「多すぎだ！　五匹だけ出せ。今日はこれとクイーンアントの解体を済ませておく。残りの獲物は明日の朝持ってこい。その時に今日解体した引き取り分を渡すぞ」

ギルマスは解体場の作業員に任せたぞと言い残し、ギルマスの部屋に戻る。俺もギルマスの後に続き部屋に入る。

「もう終わっただろ、まだ何かあるのか？」

「いえ、魔道具の査定が終わってないじゃないですか」

とテーブルのマジックバッグを指さす。

「うおっ、忘れていた……」

いや高価なやつを忘れないでよ!!

「こいつは金貨八十枚だな。こいつの分だけ先に金を払うか？」

「ええ。受け取っておきます」

ギルマスは金庫を操作し、金貨八十枚を出し、代わりにマジックバッグを片付けた。

「ほらよ、金貨八十枚だ」

「ありがとうございます」

受け取った俺は一旦アイテムボックスに仕舞い、金貨八十枚の革袋がリストに表示されることで、金貨の枚数に間違いがないのを確認した。

「それじゃまた明日。失礼します」

ギルマスの部屋を後にした俺は、階下でフィールズたちと合流し、角ウサギ亭で打ち上げをしようと提案した。

「明日は休みにしよう」

「なんで？　ボクまだ元気だよ！」

余裕のある笑顔で答えるフィールズ。成長して体格が大きくなった分、体力も増えまくっているのかいつも元気いっぱいだ。

「いや獲物の査定が終わってないんだ。全部は解体してないし、残りは明日の朝にまた解体に出すから精算が終わるまで休もう」

「そうなんだ」

あり余る体力の使い道がなくなり、気落ちした表情を見せるフィールズ。

「それに防具にする素材は明日の朝引き取るから、その後に三人で防具屋に行って注文を出そう。

一緒にフィールズの剣も鍛冶屋《かじや》に注文しよう」

「でもお金がまだ……」

「あの袋《マジックバッグ》の分だけお金受け取ってあるから大丈夫だ。これが査定書」

「すごい額だね」

査定額にフィールズも満足そうな笑みを浮かべる。製作費用の捻出という負担が消え、悩みがなくなりメイリアも嬉しそうだ。

「さすがに主要素材は持ち込むんだから、人数分作っても余るんじゃないかな」

歩きながら明日の予定を軽く話し、角ウサギ亭にたどり着く。

「ツーリアちゃんこんにちは。三人と一匹だけど空いている？」

受付で座っていたツーリアちゃんに声をかける。

「まだ混み始めてないから、四人掛けのテーブルにどうぞ。それにしてもエルさん、なんだか疲れた顔しているけど何かあったの？」

「一つ山場を乗り越えたから、ちょっと疲れただけだよ。チェスターさんのご飯を食べれば元気になるから心配しないで」

一目見てツーリアちゃんに指摘を受けるなんて、俺はよっぽど疲れた顔をしていたのか!? ツーリアちゃんはまだ何か言いたいようだったから、フィールズたちには先に席に着いていてもらおう。

「本当に気をつけてくださいよ」

受付に座り、心配するツーリアちゃんは瞳を潤ませ上目遣いに俺の顔を覗き込む。安心させるように頭を優しく撫でてあげる。それが正解だったのか、彼女は目を細めて受け入れていた。

しばらく無言で撫でていたが、周囲の生暖かい視線に恥ずかしくなり、最後にぽんぽんと優しく触れて終わりにした。

「フィールズたちを待たせているからッ」

ふと思い出したかのように照れ隠しでその場から離れる理由を告げ、二人と一匹が待つ席にそそくさと退散した。

どことなく不機嫌そうにツーリアちゃんが唇を尖《とが》らせていて、何やら居心地の悪さを感じた。

食堂の席はまばらに埋まっており、すでに飲み始めている冒険者のテーブルや、商談が上手くいったのかご機嫌にエールを飲む商人など、思い思いに食事やお酒を楽しんでいた。

「サーリナ姉、ハンバーグの定食に単品でソーセージと果実水！」

腹ペコなのかフィールズが席に着くと近くを通るサーリナに声をかけ、すかさず注文を入れた。

「わかったわ、三人とも同じかしら？」

俺とメイリアはサーリナに頷く。

「あの巨体《クイーンアント》は秘密裏に解体してもらうから、二人もボス部屋のことは、養護施設の皆にも内緒にしててね」

「どうして？」

「あの袋《マジックバッグ》が出ると思われると、倒せる当てもないのに突入して帰らない人が増えるでしょ」

先ほどギルマスが大勢で挑む相手だと言っていたのを思い出し、フィールズたちに口止めを言い渡すと、マジックバッグの名称を口にしなかったことに気づいた二人は、素直に首を縦に振っていた。

「そっか、そうだよねっ」

「そういうことで魔道具の方も秘密な。メイリアの袋《マジックバッグ》は普通に使っていいけど、なるべく人目につかないように使ってね」

「わかったわ」

「だからフィールズの防具も一旦俺たちと同じように取り巻き《ソルジャーアント》で作って、体が成長しなくなってからあっちで作ろう。俺とメイリアもまだ成長するだろうから、フィールズと同じように一旦作るけど、大きくなったらまた作り直すよ。その分の素材は確保したからね」

「「わかった（わ）」」

二人との打ち合わせが終わった頃に、ちょうど良いタイミングで料理が運ばれてきた。

「腹ペコフィールズお待たせ。ハンバーグとソーセージも来たわよっ」

サーリナが元気に配膳する。

ハンバーグの良い匂いが周囲に放たれ食欲をそそる。

「美味しそうな匂い、さっそく食べよう！」

「施設を出たからって、食前の祈りを忘れないでね」

待ち切れないフィールズを嗜《たしな》めるように、養護施設でやっていた食前の祈りがまだだとメイリアが指摘する。

「あっ、そうだった。三人で一緒にやろう！　せーの！」

「「「女神フェルミエーナ様ありがとう、いただきます」」」

フィールズの合図で食前の祈りを終えると、いつの間にか彼の手にはカトラリーが握られていた。

あの手捌《てさば》きがフィールズの剣技につながっているのか？

そう思えるくらい見事な早業で俺たちの視線を掻《か》いくぐり、いち早く切り分けたハンバーグを頬《ほお》張《ば》って美味しそうな笑顔を浮かべていた。


食事を進めながらフィールズたちに話しかける。

「フィールズ、俺そろそろ旅の支度をしようと思っているんだ」

「トーアレドの街を出るの？」

「ああ、いろんな街を見て回りたいし、この街でできることも少なくなったしね。防具が出来たら出発できるように準備したいんだ。フィールズそれにメイリア、一緒に行かないか？」

クイーンアントとの戦いから学んだのは、一人でダンジョンの最奥にいるボスを倒すのは不可能に近いってこと。仲間の必要性を痛感していた。そこで、幼い頃から一緒に過ごした二人を、各地を巡る旅に勧誘する。

「……ごめん、エル。ボクは行けない」

申し訳なさそうな顔で、フィールズは俺の誘いをはっきりと断った。

「どうして？」

断られると思っていなかった俺は、予想外の答えに驚き反射的に聞き返す。

「ボクのお母さんが生きているみたいなんだ。女神カードで確認したし」

少し俯《うつむ》きながらフィールズは語り始める。

「冒険者だったお父さんのことは少しだけ覚えているけど、お母さんのことは何も覚えていないんだ。

だけど、自分から会いに行く勇気はないから、この街でずっと待とうと思うんだ」

だからボクは行けない。と決意を込めてフィールズは言う。

「メイリアは知っていたの？」

「うん。わたしは聞いていたよ。それに応援もしてる」

あ、はい。君《メイリア》はそうだよね。

だから女神カードを貰ったとき、フィールズは食い入るように裏面を見ていたのか。シスターがガン見していたけど。

そういえば何かしら教会の干渉を受けると思ったけど、そんな素振りは一度もなかった。王立賢王養護施設では、遺児たちはしっかり守られているんだろうな。

「そっか。フィールズとメイリアはこの街でがんばっていくんだね。ただそれだけじゃ俺は少し不安だなー」

後半は、意図してあからさまな棒読みで話す。

「ボクたちだけじゃ不安なの？」

「そうそう。身を固めるとか、将来を約束した相手とか、相談しやすい女性とかがお前の身近にいてくれると、旅立つ俺も安心できるんだけどなー」

棒読み台詞をフィールズに投げかける。

「それってボクに結婚しろって言っているの？」

「そそ。まだ成人前だから婚約だね」

「でもそんな相手は……」


コイツなんてこと言いだすんだ！


反射的に「隣にいるだろ！」と、口走らなかった俺の忍耐力を褒めてあげたい。

俺は返事をせず、そっとメイリアに視線を移す。話の展開を察したのか、メイリアの頬が赤く染まり始めているぞ。

俺がメイリアに視線を飛ばしていることに気づいたのか、フィールズがメイリアをじっと見る。

ますます赤くなるメイリア。

ゴクリと生唾を飲み込み、意を決したフィールズがメイリアに告白する。

「ボクでいいの？　結婚する？」

「……はい」

顔を赤らめたメイリアが幸せそうな笑みを浮かべ、フィールズの率直なプロポーズを聞き息を飲むも、悩む様子も見せずに受け入れていた。

フィールズらしいっちゃらしいけど、もうちょっと気の利いたセリフでやり直してほしい。いきなり告白を持ちかけた俺が言うべき台詞じゃないか。

「ここにフィールズとメイリアの婚約を認める！　立ち合い人は俺！　お幸せに！」

誰にも秘密だが、王族の俺が婚約を認めるなら非公式ながらも正当なものになるだろう。俺の心の中だけでね。

「みんなに一杯奢るから。これからの若い二人の未来を祝ってくれ！」

店内に居合わせた客に、思わず気前の良い台詞を口走る。幸せのお裾分けだね。せいぜい祝福してやってほしい。

「おお、いいぞボウズ！　よっ、お二人さんおめでとう！」

ノリの良い客が空気を読んではやし立てると、次々に祝福の言葉を投げかけられた。

フィールズとメイリアは赤くなりつつも、幸せそうに笑顔の花を咲かせていた。

「あ、サーリナ姉、スキラ姉。お客さん全員に一杯お願いね。ソーセージも付けてあげて、お勘定はこれで」

大銀貨を一枚出し、奢る分と俺たちの食事代、それと余った分は二人のチップにしてと渡す。

ちょっと強引だったけど、おめでとうお二人さん。

俺の心残りが減らせたよ。

角ウサギ亭の食堂が幸せに包まれている中、俺は一人裏口に回り厨房《ちゅうぼう》へと入る。

「こんばんは」

仕事上がりなのか、ショーナとソーニエが賄いを食べていた。

この二人は……というか養護施設バイトの四人は、すでに正規雇用されており、宿の二人部屋二つに住み込みを始めていた。

この二人は基本的に早番で働き出し、夕方のこの時間帯は仕事上がりになる。

「エルさん今日は何の用ですか？」

なぜかいつもショーナの隣に座っているテトが声を上げる。

「いつもショーナの隣に座っているよな。テトもショーナと結婚しちまえよっ」

フィールズとメイリアにお節介したノリで、思わず口走ってしまった。

あっ、やべっ。と思ったが時すでに遅く、テトとショーナがお互いを見つめ合い、ほほを赤らめるどころか耳まで真っ赤になっていた。

さりげなく二人で並んでいる姿をよく見かけるから、気があるのかとは思っていたけど、ガチのやつだとは思いもよらず、気まずくなってその場から逃げ出した。

「ちょっと厨房借りるね」

二人を放置し厨房の調理台に、ダンジョンで手に入れたＩＨコンロの魔道具を出す。

「お鍋借りますね」

と言い、鍋に湧水《ウォーター》で水を注ぎ、コンロの右側に加熱、左側に冷却の火力に調整し、目論見《もくろみ》通りの効果を発揮するか試運転をする。

左側の鍋に指を入れ、水温が下がっているか確かめてみたところ、井戸水より冷たい感触が指先に伝わり、ばっちり温度が下がっていたので、氷ができるまで放置する。

氷の膨張で鍋が壊れたらいけないし、表面が凍り始めたところで停止させた。

そうこうしているうちに、右側のコンロも沸騰し始め、魔道具のテストは終了だなと思って片付けていたら、厨房にソーニエがやってきた。

「ちょっとエル、あの二人を放置しないでよ！」

気恥ずかしさと怒りの混じった顔で叱《しか》りつけてきた。

「あの二人がどうしたの？」

「あたしが聞きたいわよ！　見つめ合ったまま頬を染めて固まっているのよ！」

「あ、はい。いま行きます」

角ウサギ亭の厨房は、受付カウンター側から入るスペースが調理場になっており、裏口から入る側が水瓶《みずがめ》があったり野菜を保管していたりするパントリーで、こちら側で宿の従業員は食事をしているのだ。

パントリーに戻ると、俺が厨房に向かう前の姿のまま、動きを止め見つめ合う二人がいた。

さっさと済ませようと思い声をかけた。

「ショーナはテトのこと好き？」

「……うん」

恥ずかしそうにしながらも、俺の声は聞こえていたようで、ショーナは素直に同意するように返事をした。

「だそうだテト。男なら自分で決めろ」

ショーナの気持ちを聞いてテトは意を決する。

「ショ、ショーナ。僕と結婚してください！」

ショーナの返事はまだない、そこで俺は……

「まだ成人してないから婚約な」

ショーナの心に届くように、テトにやり直しを促した。

「ショーナ。俺と結婚を前提に婚約してください！」

やっぱりショーナからの返事はない。

「ショーナのどんなところが気に入っているとかも付け加えて」

返事があるまでダメ出しを続ける。もちろん成功を祈っているよ、本当だよ？

「ショーナの落ち着いた雰囲気と真面目なところが好きです。俺と結婚を前提に婚約してくださ
い！」

やっと好きな気持ちを付け加えたか、お前からは言ってなかったしね。

少し長文になったけど、まだショーナからの返事はない。だが思いがけない台詞に目を見開いているし、ショーナには届いているはず！　それを信じてさらにテトに追い打ちをかけさせる。

「ショーナと結婚したらどんな未来なるのか付け加えて」

「ショーナの落ち着いた雰囲気と真面目なところが好きです。十年後も二十年後もあなたと温かい家庭を築いていきます。だから僕の隣でずっと笑っていてください。俺と結婚を前提に婚約してください！」

「……はい」

ようやくテトの言葉を受け入れたショーナが、小さい声ながらもはっきりと了承の返事をテトに向けて送っていた。

「やりましたよ！　エルさん！」

弾けるような笑顔で報告するテト。

「お、おう……見ていたよ」

焚《た》きつけた責任もあるが、テトの勢いに飲まれる俺。

「ちょっとエル、グダグダしていたし長文すぎるし、このプロポーズはどうなのよ？」

逆にソーニエには不評だったようだ。

「いやソーニエ、ショーナが返事するまで間が空きすぎるから、それを埋めるだけのセリフが必要でしょうが」

「そうなんだけど、こんなグダグダなプロポーズわたしは嫌よ。エル、わたしの時は横槍《よこやり》いれないでよね」

「はいはい、わかったよ」

お相手がいるのか？　と、疑問を浮かべるも、おざなりにソーニエに返事をして二人の様子を見守る。

テトはショーナを優しく抱擁し、ショーナはテトに身を任せライトキスをしては離れ、目と目で通じ合うが如く見つめ合い微笑《ほほえ》みあっていた。

二人の空間だけ幸せに包まれていた。

ソーニエはもそもそと食事を続けるも、甘ったるい空気を作り出す二人がいる空間に、居心地が悪くなっていた。


でしょうね！


どうにかした後までは責任を持てません。

いたたまれないソーニエを放置して、お祭り騒ぎの食堂に戻り、フィールズたちに明日はギルドに集合だと伝え、今日は休むと先に部屋に戻った。


部屋に戻り落ち着いたところで、さっそくダンジョンコアを回収したと手紙を書き、アイテムボックス経由で受け取ってくれと女神フェルミエーナ様に送信した。

程なくして頭の中に通知音が聞こえ、アイテムボックスを確認する。

「やっほーエルくん。ダンジョンコアありがとうね。怪我もして大変だったみたいじゃない。さっそく人間型の眷属にしたから私のお仕事手伝わせているよ」

初の試みとはいえ、混沌神の元に向かうはずのダンジョンコアを回収し、代わりに女神の眷属にする計画は成功したと言えるね。

「私の仕事いろいろ手伝わせたいから、さらなるダンジョンコアをお待ちしております」

少し話し相手になる眷属が出来ればいいのかと思っていたけど、仕事の手伝いに必要なのか……

そうなると複数のダンジョンコアを回収する必要があるから、やっぱり旅に出るのは確定だね。

「エルくんのさらなるご活躍を心よりお祈りいたします」


お祈りメールはやめろっ。就活失敗した雰囲気になるじゃないか。

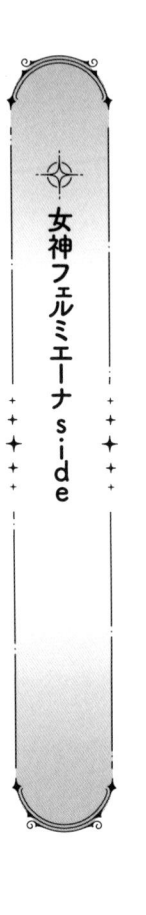

女神フェルミエーナside

神域から地上の様子を見ていた女神フェルミエーナは、エルの様子を見てハンバーグを食べたい欲求に駆られるも、使徒とはいえ何の力も与えていないエルに、供物を要求するのは間違っているという理性と葛藤していた昨今。

欲求に勝利はしたが、ハンバーグを作り出す神力《しんりき》がないことに気づいて不貞腐《ふてくさ》れ、生活スペースにある炬燵《こたつ》で不貞寝《ふてね》をしている。

何も考えていなかった脳内に突如、その目を覚ませといわんばかりに鳥の鳴き声のような電子音が鳴り響く。

「えっ!? なに、何が起きたの!?」

咄嗟《とっさ》のことでパッと飛び起き、背筋を伸ばして座った姿勢になる。

音の要因が何だったのか、記憶の海にさざ波を立てる。

連絡が滅多にないから、通知音が記憶の海に沈んでいた。

「あっ、エルくんからの連絡ね！」

手紙が届いているのだろうと、神域とつながっているエルくんのアイテムボックスの中身を探る。

「アイテムボックスの中身が増えていて探すのが大変だけど……あったわ！ 手紙はこれね。なになに～？」

さっそく内容を確かめると、トーアレドのダンジョンを踏破した。そんなことが書かれていた。

「えぇぇぇぇ!? もうダンジョンコアを見つけてきたのー!? えっと、エルくんってまだ成人していなかったんじゃ……？」

不思議に思い女神フェルミエーナは地上の様子を確かめる。

「ええ～、どういうわけ？ と、とりあえずトーアレドのダンジョンコアを回収しましょう」

なんだかエルくんのアイテムボックスの中身は、魔物の死骸と食べ物ばかりに偏っている。

「どんな生活をしていたのかしら？ ふむふむ……ダンジョンコアはこれね」

ダンジョンコアを見つけ出し、手元に引き寄せる。

「これを眷属《けんぞく》に変えればいいのね……。う～ん、どんな形にしようかしら……？ お話もしたいし、無難に人型でいいかしら」

ダンジョンコアに神力《しんりき》を注ぎ、眷属として覚醒させる女神フェルミエーナ。

ダンジョンコアが光に包まれ、しばらく輝きを維持したまま形状が大きく変化していく。

光のシルエットが縦に延び、身体の曲線や凹凸ができると徐々に光が弱まっていく。

すっかり光が収まると、そこには人型の眷属の姿があった。

「私の声が聞こえるかしら？　あなたはトーアレドコアよ」

先ほどまで目を瞑《つむ》っていた女性型の眷属は、地上の人間と変わらない姿をしていた。女神フェルミエーナの声に応えるように、ゆっくりと目を開けていく。

「おはようございます、フェルミエーナ様」

「よかった……。初めての試みだけど成功したようね。さすが、私！　自慢の女神だわ！」

トーアレドのダンジョンコアを首尾よく眷属化でき、誰も褒める人がいないからと自画自賛する女神フェルミエーナ。

「えへへ～。どうしよう。嬉しくて何から話したらいいかわかんないっ」

「何からでもご自由にどうぞ、フェルミエーナ様」

ダンジョンコア時代に学習が済んでいたのか、初めての眷属であるトーアレドコアの口調は実に流暢《りゅうちょう》な喋《しゃべ》りだった。

眷属化の成功、そしてその出来栄えに、ますます気持ちが昂《たかぶ》る女神フェルミエーナ。

「そうねえ～。お喋りもしたいけど、まずはお仕事！　トーアレドコアの役割を決めましょう」

目を瞑り、気持ちを落ち着かせて考え始める。

「そうだわ！　あなたには女神カードの管理をお任せするわ！」

「具体的にはどんなことをすればよいのでしょうか？」

「各地の女神神殿にある在庫の確認と補充ね。ある程度は女神神殿を管理している神職者から催促が来るから、その指示通りにやればいいわ」

「わかりました、フェルミエーナ様」

神域に眷属がいるという環境に、女神フェルミエーナは興奮冷めやらぬ様子のまま満面の笑みを浮かべていた。

「仲良くやっていきましょうね〜」

「もちろんです、フェルミエーナ様」

当然眷属であるトーアレドコアは、女神フェルミエーナに従属し敬うべき存在と認識している。友達のように振る舞うことはないが、仲良く見せることはできるだろう。

「エルくんのおかげで、私、幸せになっちゃうかも!?　きっと、エルくんは私の幸運の女神ね！」

気分上々な女神フェルミエーナは、どこまでも浮かれ切っていた。


『いや、女神はお前だろ！　ちゃんと働け！』

神域に、そんなエルの幻聴が聞こえたような気がした女神フェルミエーナだった。

七話　調理器具と後始末

依頼の取り合いになる早朝の時間帯を避け、ほどよく人が捌《は》けた朝の時間にギルドを訪れる。

予想通りギルドの冒険者はまばらで、受付にいるナターシャさんに到着したことを告げる。

程なくしてギルマスが降りてきて、「ちょっとこい」と解体場に連行される。

「いやギルマス。首根っこ掴《つか》まなくても普通に行きますよ」

「いいから来い。さっさと受け渡すぞ」

解体場に着いたギルマスは、昨日同様若手を見張りに立たせ、クイーンアントとソルジャーアントの防具素材を渡してきた。

「それじゃ、残りの解体する獲物を出しますね」

そう言って、ジャイアントアント、ウルフ、ホーンラビットを並べていく。

「ずいぶんと狩ったな」

そうそうたる魔物の山にポツリと零《こぼ》すギルマス。

「これでも帰り道は、剥《は》ぎ取りしないで放置しましたよ。怪我《けが》をした【流星の欠片《かけら》】を先導しましたので」

グラシアたちを守りながらできる限り早く進んだから勿体《もったい》ないことをしたが、【流星の欠片】の新入りに、俺の秘密を披露する気にはならないので、倒した素材を諦めるのもやむを得なかった。

「昨日の借金した新人のパーティーか……」

「そうです。あと、これを仕立てられる防具屋さんとブレードドールウルフの剣を打てる武器屋さんも知りませんか」

伝手《つて》のない俺は、ついでとばかりにギルマスに紹介を頼む。

「魔物素材を取り扱う防具屋なら、ルベンス防具店で武器を作るならならバーミリオ武器店だな」

「ありがとうございます。査定終わるまで待ち合いにいますね」

快く教えてくれたギルマスに、ありがたいと素直に頭を下げる。


ギルドのロビーに戻ると、待ち合い場所にフィールズたちが来ていた。

「おまたせ」

「いま来たとこだよ」

「こっちもいま査定をしてもらっているから、それが終わったら装備の注文に行こう」

しばらく待機になることを伝えると、フィールズたちは甘い雰囲気を作りだす。

「二人とも仲が良いのはいいけど、場所は弁《わきま》えようね。さすがにここだと他の冒険者に絡まれたりすると思うよ」

非モテの妬《ねた》みは凄《すさ》まじいよ。なんせ『リア充爆発しろ！』ってわめくくらいだからね。気をつけないと要らぬ反感を買う。

「「う、うん。気をつけるよ（わ）」」

「ギルマスにおすすめの防具店と武器店を聞いたから、この後そこに行こう。報酬は一旦《いったん》俺が預かって、装備の支払いが済んだら残りを分配しよう」

「「わかった（わ）」」

そんな話をしていたら、ギルマスが査定用紙を持ってきた。

「昨日の分と合わせて査定が出たぞ。三百三十万ゴルドだ」

思いがけない高額に、三人とも驚愕《きょうがく》の表情を浮かべしばし固まっていた。

「早く受け取れ」

ギルマスに促され、ようやく査定用紙を受け取り、俺が代表して買い取りカウンターへと向かう。

買い取りカウンターのおっちゃんに査定用紙を渡すと、記されていた金額に目を剥《む》くも、ギルマスから直々に受け取っていたのを見ていたおっちゃんは、粛々と査定通りに金貨三枚、大銀貨三枚を渡してきた。

懐が温かくなった俺たちはすぐに冷え込むとも知らずに、次の目的地を口にした。

「まずはルベンス防具店に向かおう」

「「うん！」」


ギルマスから聞いた場所は、武器店や防具店といった鍛冶店が立ち並ぶ職人街の中にあり、ゴッダードさんの店からも近いところだった。至るところで金属を叩《たた》く音が聞こえ鳴りやまず、熱気と活気に溢《あふ》れている。しばらく歩を進めると、道沿いにルベンス防具店の看板が見えた。

カウンターには誰もいなかったので、来店したことがわかるよう三人で声をかける。

「ここだ。こんにちは」

「こんにちは」

「こんにちは」

店内には革の匂いが充満し、飾られている防具のほとんどが革鎧《よろい》で、金属製の鎧が展示されている数は少なく、金属鎧に見える大半はジャイアントアントの素材が使われているようだった。

「おうっ」

低く太い声が聞こえ、すぐに奥から厳《いか》つい顔をした人が出てきた。

「ダグラスさんの紹介できました。主要素材の持ち込みで防具を三領作りたいです」

「坊主たちが着るのか。素材は何だ？」

「ソルジャーアントです」

「ソルジャーアントだあ？　ってこたあ大物の方はどうした」

店主はソルジャーアントの名を聞くと、すかさず閃《ひらめ》いたようで、必ず一緒に出てくるもう一匹を連想していた。

「クイーンアントですか？」

「そうだ！　そっちはどうした！」

「ありますけど、今回は使いません」

「何でだ！　そっちの方がいい鎧になるじゃねえか！」

「俺たちはまだ身体が大きくなるんですよ。すぐ使えなくなるのに贅沢《ぜいたく》な素材で鎧は作れませんよ」

「チッ。クイーンアントの素材だけでも見せやがれ」

店主は居ても立ってもいられない様子で、素材を見せろと我儘《わがまま》を言い始めた。この様子だと見せるまで他の作業が手につかなそうなので、しぶしぶクイーンアントの素材を見せることにする。

「いいですけど、今回使うのはソルジャーの防具ですからね」

なんか、素材オタクの職人気質《かたぎ》っぽいので念を押しておく。

「素材が出せるだけの場所が必要だな。裏庭に来い」

裏庭に回り、指定されたところにクイーンアントの素材を出す。

「これがクイーンアントか……見るのはずいぶん久しぶりだな」

熟練の技術者らしく、以前にもクイーンアントの素材を扱ったことがあるようだ。フィールズが大きくなってもここで防具を作れば、貴重な素材を十二分に生かせそうだ。そんな安心感を覚える。

「それじゃ仕舞いますね。メイリア。マジックバッグに仕舞っておいてくれる？」

「もっとじっくり見せろ！」

このあと武器店にも行くから、じっくり見せる暇はないのだ。

「あなたに見せびらかすために来たんじゃありませんよ。防具作りする実力がなくて素材を見て誤魔化しているなら、ダグラスさんの紹介とはいえ帰りますよ」

いつまでもクイーンの素材見てそうだから、わざと辛辣《しんらつ》な言葉を選びちょっと挑発してみる。

「ほら、メイリア仕舞って。見せているとフィールズの素材をダメにされそうだし」

すかさずメイリアがマジックバッグに仕舞いこむ。フィールズのためにならないとなると素早いな。

「チッ、ソルジャーアントの素材を出せ」

これ以上ゴネても無理だと悟り、頭を切り替えて本業へと話題を移す防具店の店主。

「わかりました」

ギルドで引き取った五人分の素材のうち、三人分を店主に渡した。残り二人分は俺とメイリアが大きくなってから作り直す分で、うち一人分を彼女のマジックバッグにしまった。

「こっちもいい素材だな。滅多に出回らないヤツだ」

「素材ばかり見てないで、俺たちの採寸とかしないんですか？」

「素材をじっくり見てからだ！」

「じっくり眺めたいなら後で冒険者ギルドで買ってきてくださいよ。あと一人分の素材を販売するはずですよ」

「なんだと!?　先にそれを言え！」

と言うと、防具屋の店主は店をほっぽりだして、戸締まりもせずに飛び出していった。

もうあのおやじに「さん」とか敬称つけなくてもいいだろう。

「店主いなくなったし、先に武器店へ行こうか」

「うん。変わった人だったね。防具作れるのかな？」

素材を見る目だけはありそうだけど、なんとも答えづらいな。今のところ『半信半疑だ』と答えるのが精一杯だね。


防具店がアレだったので、気を取り直して武器店に向かう三人。

いま向かっているのはバーミリオ武器店だ。

この辺りの区画は、延焼防止なのか一軒一軒の間に距離を取ってあるため、庭が広い。

試し切り用なのか、トルソーみたいなのに鎧を着せたものや、巻《ま》き藁《わら》のようなものが庭に立っている。

到着したバーミリオ武器店の外観には古めかしさがあるが、年季の入ったそれが味となって、この店の歩んできた歴史を感じさせる、趣のある雰囲気を醸し出している。

「こんにちは」

「いらっしゃい」

店内に入ると壮年をやや過ぎた、といった面持ちの精悍《せいかん》な顔立ちの店主だった。その姿はまるで筋肉の鎧を着こんだようで、鍛冶に生涯を打ち込んだ人間にしか作り出せない、ギリシャの彫像のような精悍《せいかん》な雰囲気だった。

「なんかすごそうなお店だね」

防具店とのギャップがすごすぎて、フィールズも思わず感想が口から零れる。それはただの嫌味《いやみ》だと思われるから、あまり外では口に出さないようにね。

「彼の武器を作ってほしいんです。素材はブレードドールウルフの角の持ち込みです」

「ふむ。まずは素材を見せてくれるかな？」

メイリアがマジックバッグから素材を取り出す。

「いい素材だね。彼の体格だとどうしたものか……」

素材を見て悩み始める武器店の店主。ウルフの上位種だったし、この素材は取り扱ったことがないとか？

「彼はまだ十一歳だから、これからも背が伸びると思うんです。将来を見据えた武器になると嬉しいんですが」

「なるほど。ならバスタードソードにしよう。今は両手で扱うとして身体が出来たら片手でも扱いやすい。念のため展示してある長剣の類《たぐい》を一通り振って見せてくれたまえ」

店主に言われるまま、フィールズは長剣を握ると振ってみせる。

「大体わかった、もう大丈夫だ。バスタードソードで間違いなさそうだな。ただ、いま注文を受けても手をつけられないんだ。先日大口の注文が入って、地金が足らなくなってしまってね。次の入荷までかなり待つことになるよ」

材料不足で打てないのか。これぱっかりはどうしようもないな…と思ったが、ダンジョンを踏破したときに拾った黄色の宝珠から出た鋼《はがね》っぽいインゴットは地金にいいのではないだろうか？

「あ、それならこの素材は使えますか？」

「おお、純度も高い良い地金だ。これを使っていいならすぐ打てるよ」

「ならお願いします。代金はおいくらですか？」

「素材も地金も持ち込みだし、余った地金も買取でいいなら金貨二枚だね」

「ではこれでお願いします」

「二日後に来てくれ。バランスや握りを見るからな」

お礼を言って、店を後にする。

「エル。あの地金はエルの取り分のやつなんだけど……」

「いいじゃないか、俺が持っていても使い道なかったんだし」

「でも……」

「婚約祝いに受け取って」

フィールズには断りづらい理由をつけて無理にでも納得させたが、結婚を意識した二人が見つめ合って赤くなるだけだった。はいはい、ごちそうさまです。

「防具店に戻る前にゴッダード鍛冶店に寄り道していいか？」

「ボクはいいよ。こんなに早いと店主さん、まだ戻ってないかもしれないしね」

ということで俺たちはゴッダード鍛冶店に向かう。


「こんにちは」

「おう来たか。また角《つの》ウサギ亭《てい》の使いか？」

「いえ。今回は俺の用事です」

と言いつつ、旅に必要なものを次々と注文していく。

寸胴《ずんどう》とか鍋をたくさん用意して、チェスターさんに料理を作ってもらって、たくさんストックしておくためだ。

アイテムボックスで保管すれば長期保存できるし、旅先でも美味《おい》しい食事にありつけて、俺も満足できるしね。

魔道具コンロで氷が作れるようになったから、かき氷器も新たに作ってもらう。

ハンドル回すと氷が回転して、下の刃から薄く削った氷が降ってくるやつだね。

かき氷器に合う氷を作るための丸鍋も一緒に注文する。

かき氷にかけるシロップは、ジャムを水で伸ばしたものでいいか。

ついでにゴッダードさんに腕の良い魔物素材を扱う防具店を聞くと、「ルベンス防具店」と残念なお知らせを受けた。

やっぱあの店に行かないとダメか。腕が良いと言われても腑《ふ》に落ちない。

ルベンス防具店に戻ると、店主がホクホクした顔で待ち構えていた。

このおやじ、冒険者ギルドで「ソルジャー素材を出せ！」とか騒いでないだろうな？　ボス部屋の攻略者が出たと、皆に知られちゃうじゃないか。

でもレイドパーティー組んでないし、少人数クリアは想定されないだろうから、心配無用かな？いや「あのボウズたちが素材持っていたぞ！」とか騒いだとしたら大問題だ。想像でしかないんだが、なんだか無性に腹が立ってきた。

「それで？　ちゃんとソルジャーアントの素材で防具は作れるんだろうな？」

「おう任せておけ」

機嫌の良い防具屋の店主は、俺の不躾《ぶしつけ》な言い方にも全く気にした素振りを見せず、ちょっとしたお使いを頼まれたかのように軽く返事をした。

俺とメイリアは動きやすさを重視した造りにしてもらい、フィールズは剣で戦いやすい造りで、肩まわりの可動域が多くとれるように注文した。

「一領作るのに一週間はかかるぞ。誰のから作るんだ？」

フィールズ、俺、メイリアの順で作ってもらうことにした。

前衛優先だね、フィールズの安全は大事だ。

「一領あたり金貨十枚だな」

「では金貨三十枚の支払いです」

主要素材は持ち込んだ仕事なのに、工賃の高さに驚き一瞬目を剥くも、すぐさま気を取り直して、とっと支払いを済ませる。

残ったお金は金貨五十一枚、大銀貨三枚。ちょうど割り切れるね。金貨十七枚、大銀貨一枚を三人で分けて解散にしよう。

「用事は済んだし、しばらくギルドに寄りつかないでおこうか」

「どうして？」

「防具店の店主がギルドで素材を出せと大騒ぎしただろうから、それでボス部屋攻略の噂《うわさ》が立ちそうじゃない？」

「「あり得そう……」」

初対面で防具店の店主がとった奇行を知っている二人は容易に想像できたようで、迷惑を被《こうむ》るのが目に見えているのか、俺の意見を素直に受け入れていた。

「そういうわけだから、フィールズたちは新居でも探してくれれば？　角ウサギ亭でもいいけど」

「そうだね。剣を作る予定で貯金もあるし、装備も整ったからボクたちも養護施設を出るよ」

「そうね」

「まあ。部屋の方は婚約したお二人で、ゆっくり探しなよ」

二人と別れた後は市場を巡り、食材を集めてアイテムボックスにストックを増やし始めた。

特に作る料理は決めてないから、在庫の多そうなやつを迷惑かけない程度に少しずつ買い、調味料や果物なんかも同様に集めた。

あと、パン屋が販売する冒険者メシやホットドッグも、それなりの量を買い揃《そろ》えた。

パン屋のも美味しいけど、やっぱりチェスターさんの作る料理が食べたいので、彼に暇を見て少しずついろいろ作ってもらっていた。

ゴッダードさんのとこで鍋とか買っているから、中身だけ詰めてもらうのだ。

ホットドッグばかりじゃ飽きるから、ハンバーガーや、それに合うスープも丸々鍋ごと作って旅に出る準備を進めていく。

それと、新しい料理として、パン生地でミートパイ擬《もど》きを作ってみたら、ホットドッグ同様、チェスターさんがめちゃくちゃ味付けをこだわってくれた。俺にとってはありがたい限りだ。

そこから発想を得たのか、チェスターさんは得意のハンバーグをパン生地で包んだ、ハンバーグパンを完成させていたし、味付けのトマトソースはパンとも相性が良くて、かなり美味しい料理になっていた。

さすがはチェスターさん、この調子で数々の総菜パンを生み出しそうだね。


そんな感じで日々旅支度をしていると、フィールズの防具が完成し、俺の防具完成まであと一週間。

出発の日も近づいてきた。

そんな中、俺はゴッダードさんのお店に来ている。

「ゴッダードさん。こういうのを作ってほしいんですけど」

折り畳める機構を擁した椅子とテーブルの図面を描いたものをいくつか渡し、四人掛けのテーブルと椅子四脚、二人掛けテーブルもおひとり様用に注文した。

「金物が必要なのは、この可動部分や留め金になる箇所か……、大半が木材だから部品を作ったら下請けに出すぞ？」

「構いませんよ」

「下請けに出すぶん割高になるってことだぞ？」

ゴッダードさんは気を使ってくれたようだけど、大金を浪費するわけじゃないのだから、たらい回しにされるより利便性を選びます！

承知の上だと伝えると、なぜかゴッダードさんが腑に落ちない様子で請け負ってくれた。

「木工ギルドで注文した方が安上がりだろうに……」

と呟《つぶや》いていたから、ゴッダードさんには金属部品の発注に留《とど》めた方が安かったようだ。旅に備えて一年間貯《た》めていたから、お金の心配はいりません。

後日、完成品を受け取りに行くと、渡した図面をもとに木工ギルドも巻き込んで特許に出しておいたと、いい笑顔で話しかけてきた。

「エルが注文した折りたたみのテーブルセットは、屋内でも使えるから需要はあるだろう」

ゴッダードさんが気を回したおかげで、支払った代金以上の収入になりそうな気がする。

また別の日には街の外に出て、野営の方法について検討していた。

戦闘用にはトーチカがあるけど、これは地面に直置《じかお》きだ。雨天の時とか床側から雨水が染み込んできて、内部で安眠はできそうにもない。

なので、きちんと床のあるコンテナのような直方体を土魔法で作り、野営用の宿泊施設にしてベッドやテーブルも準備した。もちろん長持ちするように魔力はふんだんに注ぎ込んである。

着々と準備は進んでいき、今日は一人東門から外に出ている。

「あっ、あいつです！」

「おい。そこのお前！」

いつものように広いところでコンテナの改造をしようと歩いていたとこで、背後から声をかけられた。

振り向くと全然覚えのないならず者風の荒々しい見てくれで、剣を装備した冒険者を装った人たちがそこにいた。一緒にいる初心者冒険者っぽい二人の若者も記憶にない。

「お前、光魔法使えるそうだな。オレのパーティーに入れ」

「何のこと？」

こちらの意見を聞くまでもなく命令口調で話す相手に、一旦はすっとぼけて出方を探る。

「お前！　オレたちが怪我したとき、回復魔法がどうとかグラシアに言っていたじゃないか！」

グラシアの名前で思い出した！　こいつら【流星の欠片】のいきり新人か。顔覚えてないけど。

「あの時、回復魔法してくれてりゃ治療代で借金作らなくて済んだんだぞ！」

「俺が回復魔法をかけても治療代は取るよ。借金持ちになるのは変わらない」

「なっ……」

先ほどまでの勢いは失《う》せ、言葉もなく返答に窮するイキリ新人君。

いやよく考えてみて、なんで名前も知らないヤツに無料奉仕しないといけないいんだ？

光魔法を使えるのは隠したいけど、下手に俺が隠してメイリアの方に行かれても困るし、俺が口を滑らせたことが発端だから、光魔法が発覚した状況は責任をもって受け入れる。

「そちらのパーティーに入るなんてお断りだけど。あとそれ以上近づいたら攻撃します」

今のところは話し合いなので攻撃を控えているけど、街の外での揉《も》め事《ごと》だから、一気に暴力沙汰に発展してもおかしくはない。相手を警戒して、最低限反撃に移れる距離を確保する。

「この人数相手に、粋がるんじゃねーぞ！」

「こいつに思い知らせてやれ！」

「どっちが命令する立場なのかをなっ」

「ちょっと痛い目みせりゃ言うこと聞くさ」

「ついでに稼ぎも提供してもらうぜ」

剣やナイフを抜き、半円形に包囲しようと横に広がり距離を詰めてくる。

「近づいたので攻撃します」

致命傷を避けるため手加減をした散弾《アースショット》の魔法を一発放ち、すかさず後ろを向いて走り出す。

「ぐっ」

「くそっ」

「あいつ逃げるぞ！」

「追え！」

「逃がすな！」

確認はしていないが、声の様子から多分二人にヒットしたっぽい。

ある程度逃げたところで振り向くと、ならず者冒険者がひとかたまりになっていたので、そこにさらなる散弾魔法をぶっ放す。

防具を着けた相手を昏倒《こんとう》させる程度に調整した土魔法とはいえ、発射速度は相当なものだ。避《よ》けられるはずもなく、全員が地面に倒れる。

追いかけてくるならず者がいなくなったところで近づきつつ、相手の四肢を土魔法で埋めて拘束する。

「くそっ。何だ動けねえ」

「放しやがれっ」

無力化したならず者風冒険者は一旦放置して、【流星の欠片】のイキリ冒険者二人を捕らえに走る。

明らかに人数が多いならず者たちが負けると思ってなかったのか、戦闘態勢も取らず予想外の事態にオロオロと戸惑いを浮かべていた。

そんな彼らを射程内に収め、すかさず土魔法をぶっ放し打ち倒す。

二人をならず者同様拘束し、俺を襲った理由を尋問する。

「なんで俺を襲ったのかな？」

そのうち一人のイキリ冒険者が不満顔で「ふんっ」と返し、そっぽを向く。

「あ、理由を言う気はないんだね。なら今後も襲われないように始末するしかないかな。短い人生だったね、満足できた？」

殺人をしたいわけじゃないが、この手の人間には脅すのが一番効果的だと思い、淡々と彼らの末路を告げる。

そっぽを向いていたイキリ冒険者は殺されると思ってなかったのか、驚愕の表情を浮かべ、大きく見開いた眼をこちらに向ける。

「俺は優しいからジラルドに最期の言葉くらいは伝えてあげるよ。言い残すことはある？」

たしかグラシアは弟の知り合いだといっていた。今際《いまわ》の言葉を伝えるならジラルドの方がいいだろう。

「ま、待てっ」

身動きの取れないイキリ冒険者は、怯《おび》えた様子で身じろぎしながらも制止の声を上げる。

【待て】が最後の言葉だね、わかった。ジラルドにはしっかり伝えておくから安心して逝きなよ」

「ち、違うっ」

今にも命を奪わんとばかり、アースジャベリンの土魔法をイキリ冒険者の眼前に浮かべる。

「言う、言うからっ」

「ならさっさと言えよ」

そう促すと観念したイキリ冒険者は、事の経緯を話し始めた。

借金を作ったことで嫌な仕事ばかり回されて不満が溜《た》まり、不貞腐《ふてくさ》れて愚痴を言い合っていたところを、ならず者冒険者に声をかけられたらしい。俺を捕まえたら借金の返済ができると言われ協力したそうだ。

仲間にした後の扱いは知らないらしいが、ならず者冒険者の態度から、手ごろなポーション代わりに使われるのは目に見えている。

たぶん光魔法使いを奴隷に売り飛ばす組織か何かとつながっているのだろう。

「俺を捕まえたって借金がなくなるわけないだろ。知らなかったとはいえ、違法奴隷の取り扱いは犯罪行為。手引きしたヤツも重罪だな。ここで死んだ方が楽だぞ？」

この二人、そのまま衛兵に突き出したらパーティーを組んでいるグラシアたちに迷惑がかかりそうだしどうするか……

「し、死にたくない……」

現実を突きつけると、涙目で訴えてくる。

「ならギルドに行ってパーティー離脱の手続きをしろ。グラシアたちに迷惑がかかる」

「わかりました……」

「もう一人のお前もそれでいいな？」

「……はい」

先ほどあっさりと始末する決断をしていたからか、ここで断れば命がないと思ったもう一人も、観念した様子で受け入れていた。

手の拘束はそのままに足の拘束だけ解き、暴れられないように両肩を棒手裏剣で打ち抜く。

「「ぐあ!?」」

こちらが一人なのに対し二人もいるのだから、別々の方向に逃亡を目論《もくろ》んだり暴れ出したりしないよう、相手に痛みを負う処置を施す。肉弾戦になったら、体格差もあって確実に負けるからね。安全第一。

東門で門番に事情を説明し、二人は一旦ギルドに連れていくということで、衛兵が一人付いてくることになった。街を守る仕事の一環でも、衛兵の同行はありがたい。こいつらが暴れたときは頼りにさせてもらおう。


ギルドに到着したところでナターシャさんから慌てたように声がかかる。

「ちょっとエル。その二人どうしたんだい」

「あ、ナターシャさん。ギルマス呼んでもらえますか？　あとこの二人は【流星の欠片】から抜けます」

同行してくれた衛兵が、二人の懐から女神カードを取り出し受付嬢に手渡す。ナターシャさんは脱退の手続きをするよう彼女に指示し、ギルマスを呼びに行った。

しばらくすると、ギルマスが降りてきた。

「おいボウズ、どういうこった」

俺と目を合わせつつも気もそぞろに説明を迫る。

「こいつらが俺を奴隷に売り飛ばそうと襲ってきたんですよ」

「なんだとっ!?」

衝撃的な台詞《せりふ》に、ギルマスはイキリ冒険者に目を向ける。

「このまま捕まるとジラルドたちに迷惑がかかるから、とりあえずパーティーの脱退処理だけしに来ました」

「そうか。それで襲ってきたのは二人だけか？」

「東門の外にもっといますよ」

「案内しろ！」

イキリ冒険者は衛兵さんにお任せし、ギルマスを連れて東門を出る。

「あの二人が作った【流星の欠片】の借金も二人に戻してくださいね」

「わかっている」

ならず者を捕らえたところには、すでに衛兵が向かっており、遠くから見ても一目で場所がわかる。

現地に着いたら、衛兵が槍《やり》で小突きながら尋問を始めていた。

「アレ？　冒険者風の格好をしていたから、ギルマスも呼んだ方がいいと思ったんですけど……」

「ああ、あれは冒険者だな。【狼牙《ろうが》の牙《きば》】だ」

「なんです、その頭痛が痛いみたいな名前は」

「まあ、そんだけ頭の痛いパーティーなんだ」

ダグラスさんは【狼牙の牙】のありようを簡潔に揶揄《やゆ》した。

ギルドマスターに知られているほど問題の多いパーティーだったようだ。

衛兵たちがいる場所に近づき軽く会釈をする。

足元のならず者はさんざん小突かれたのか、顔が腫れていたり痣《あざ》が出来ていたりする。

「大体把握できたので、拘束を解いてもらえますか？」

衛兵に言われるまま、一人ずつ拘束を解くと次々と捕縛されていく。


【狼牙の牙】の確認を終えた俺とギルマスは、街に戻り大通りを歩いていた。

買い物をする人、商会のお使いで走り回っている人。門の外ではあんな事件があったのに、街の中は今日も平和だ。

「防具店の店主がソルジャーアントの素材を購入しに来たとき、騒ぎになりませんでしたか？」

「あいつが一人で騒いでいるだけで、ボス攻略の噂は聞かないな」

騒ぎになってないならギルドと距離を取る必要はないかな、情報収集にギルドに行ってもよさそうな気がする。

「ああそうだ。お前Cランクな」

「Cランクって試験があるんじゃ？」

「評価基準にダンジョン攻略もあるんだ。あと対人戦も評価されるな」

「そういうのって試験受けるときに評価するんじゃないんですか？」

「実績はオレがこの目で確かめただろ。ダンジョンカードに不正はできないからな」

「わかりました。ランクアップしますよ」

ギルマスの報告を嫌々ながらも受け入れる。

「なんでお前は不満げに言うんだ」

「だって、変な指名依頼とか受けたくないですし、この年齢だと嘘《うそ》つきだと思われるんじゃ？」

「さっきも言ったけどよ、ダンジョンカードも女神カードも不正はできないからランク詐欺はできないぞ」

そうこうしているうちにギルドに到着し、さっそく受付に向かいナターシャさんにランクアップの処理を受ける。

帰ろうと思ってギルドを出ようとしたら、ジラルドたち【流星の欠片】に遭遇する。

「ひさしぶり。依頼の調子はどう？」

「塩漬け依頼ばかりだ」

「稼ぎにならない依頼ばかりだよ。それにあいつら来ないしね」

「あの二人ならパーティー抜ける処理していたし、借金もどうなっているか受付に確認した方がいいと思うよ」

依頼に出ていたようで、先ほどの一件を知らないグラシア、ジラルド、ジェレイミの三人に、現状把握するように促す。

「わかった」

「ありがとう。確認しておくよ」

「それと、来週にこの街を出ることにしたから」

さらっと重要なことを言いつつギルドを去る。

さすがに今日はもうトラブルに遭いたくないし、精神的にも疲れた。野営ボックスの改造の続きはまた今度だなと思いつつ、寄り道をせずさっさと角ウサギ亭に帰る。

角ウサギ亭の食堂で夕食を済ませ早めに部屋に戻り、いつものように魔法の訓練をして魔力を枯渇状態にして就寝した。


翌朝、俺は久しぶりにダンジョンでホーンラビット狩りをしている。

防具店の一件で、しばらくギルドに行くのを避けていたけど、特に噂になってないみたいだし、ホーンラビットの解体を頼んで、引き取った肉はアイテムボックスにストックする予定だ。

八話　旅立ちと決意

そんなこんなで準備期間も過ぎていき、ソルジャー防具も無事受け取り、いよいよ出発の日が訪れた。

「エル。料理をいろいろ教えてくれてありがとう。これ道中で食べてくれ」

チェスターさんと一緒に見送りに来たツーリアちゃんがお弁当らしき包みを渡してくれた。それをありがたく受け取り鞄《かばん》に入れる振りをしてアイテムボックスに収納する。

「エルさん、気をつけて。また角《つの》ウサギ亭《てい》に遊びに来てくださいね、ずっと待っていますから！」

唇ときゅっと結び瞳を潤ませながら別れの挨拶《あいさつ》を告げるツーリアちゃん。名残惜しそうに俺の手を両手で握り、しばらく手を離せないでいた。

「エルさん！　やっぱり行かないでください！」

握っていた俺の手に力を籠《こ》め、ツーリアちゃんは突如訴えた。

「エルさんとずっと一緒にいたいんです！　角ウサギ亭で一緒に働けば冒険者のような危険もありませんし、わたしも働いてるからエルさんを養えます！　それに、お兄ちゃんよりお店の経営をよく知っていますから、もっと宿を繁盛させられます！」

もしかして……とは思っていたけど、これほどはっきりと意思表示をすると思わなかった。

相手はまだ子供だと一人で判断し、ほのかな感情だろうと切り捨ててツーリアちゃんの気持ちを受け止めていなかった。

あと、台詞《せりふ》が素晴らしく漢《おとこ》らしい。

テトもソーニエにあれくらい言ってほしいものだ。あとツーリアちゃんに角ウサギ亭を乗っ取られないようにがんばれ次期店主。

「ツーリアちゃんの気持ちはわかった。でも……、俺にもやるべきことがあるしやりたいこともあるんだ。けど、トーアレドで暮らしていてはその望みは叶《かな》わない。君の気持ちには応えられないんだ……ごめんね」

俺の生涯をかけた目標は女神フェルミエーナ様の力を取り戻すということ。

それに、女神フェルミエーナ様ににダンジョンコアを捧《ささ》げるためにも、各地のダンジョンを探索する。あとはその旅のついでに美味《おい》しいものも探したいという個人的な欲求。

旅に出なくては実現不可能なことばかりだ。

未練を残さないためにも、はっきりと答えた。

「……やっぱりそうですよね。こんなときに変なことを言ってごめんなさい」

俺の返事は予想されていたのか、堤が決壊するかのように涙を溢《あふ》れさせるツーリアちゃん。

「旅の無事を祈ってます。エルさん、お元気で……」

涙ながらにそれだけを言い残し、背を向けチェスターさんのお腹に顔を埋《うず》めてすすり泣いていた。

「……まあ、なんだ。エル、気にすんな」

ツーリアちゃんの背に優しく手を添えたチェスターさんは、娘のことは任せておけと目で訴えていた。

——ごめんね、ツーリアちゃん。


一度言葉にはしたが、心の中で再度詫びた。

角ウサギ亭の一家と別れを終えると、次は冒険者の仲間たちが声をかけてきた。

「ボクはこの街に残ってメイリアと二人でがんばるよ。エルも会いに来てね」

「またね」

「キュッ」

フィールズたちと握手を交わし、ウサオの頭を一撫でする。メイリアはフィールズが傍《そば》にいるからあまり寂しそうにはしていない。ブレないな。だけど、そのままブレずに二人で幸せに暮らしてほしい。

いや人数が増える可能性はあるね。そっちもがんばってください。

「また会おう」

「次に会うときは騎士になっているかもね」

「お元気で」

グラシアが端的に別れの言葉を告げるとジェレイミが未来の展望を話し、ジラルドは素っ気なく別れの挨拶《あいさつ》をした。ジラルドとはそれほど仲良かったわけじゃないけど、義理堅く見送りに来てくれて嬉しいよ。

「名残惜しいけどもう行くね。みんなありがとう」

朝日を背に西門を抜けトーアレド地区唯一の街道を歩く。この街道はレージングの街まで続いている。

冒険者なら、護衛依頼を受けて商隊と一緒に街から街へと移動するものだが、夜の見張りをしたくないからそういった依頼は受けなかった。

自由気ままな一人旅だ。

谷間を抜ける際、その先の草原を一望できるのだが、遠くにグレイウルフの群れが歩いているのが見えた。

まだこちらとは距離が離れているため、水魔法を使った望遠鏡のようなものを作って覗《のぞ》くと、七匹程度のさほど大きくもない群れのようだった。

ただ、一匹だけ毛色の違う小柄なウルフが群れの後を付いていっているようだ。

グレイウルフの群れから一匹だけ違うのが生まれたのか、別の群れからはぐれて似たような姿のウルフに付いていっているのかはわからないが、とにかくほかのグレイウルフたちは、後ろから付いてくる一匹と別行動をとりたいようだ。

叩《たた》いたり頭突きしたりと毛色の違うウルフを遠ざけていたら、そいつが動かなくなったところで、群れは急いで駆けて離れていった。

俺はまだまだ距離があったが、動かなくなった毛色の違うウルフが気になり急いでそいつの元に向かった。

近くで見ると、白灰色の薄汚れた見た目で、額には小さな瘤《こぶ》のような角が生えている。小型犬の成犬程度のサイズ感のウルフだが、子犬のような手足の短さを残していてか弱い存在に思えるが、どちらかというと愛嬌《あいきょう》のある見た目をしている。

あちこち引っ掻《か》かれたのか血を流しぐったりとした姿を見て、哀れみや同情の念が湧き、とりあえず回復魔法《ヒール》をかけてみた。

もちろん暴れないよう胴体を緩く押さえてあるし、抵抗されても力ずくでどうにかすることができそうだったからだ。

回復魔法《ヒール》をかけてやると傷が治り始め、ウサオの時もそうだったが魔物でも治るんだなあと感心し、あのふわふわな感触を思い出し少し顔がにやけた。

傷が治り起き上がろうとするも、ふらふらと足元が覚束《おぼつか》ない感じだ。血液を増やすイメージはしていないから貧血もあるかもしれない。

とりあえず、あれだけ群れから煙たがられていたら餌にはありつけていないだろうと、深皿に湧水《ウォーター》で水を注ぎ、パン屋で買ったホットドッグをウルフの前に差し出した。

「食べていいぞ」

きょとんとした面持ちのウルフだったが、俺の言葉がわかったのか水を飲み始め、ホットドッグに齧《かじ》りついていた。

味が気に入ったのか腹ペコだったのか、一心不乱に頬張《ほおば》り、時々パンに水分を取られ、むせ返っている。

「誰も取らないから落ち着いて食べろよ」

しばらく食べる様子を眺めていだが、もう大丈夫そうなので立ち去ろうとすると、ウルフの額に光が集まってきて文様が浮かび上がった。

以前にも覚えのある現象が起きたことに、まさかという感情が頭をよぎった。

「テイムって屈服させなくてもいいのか？」

餌付けでもテイムできたりするのだろうか？

とにかく確認のために女神カードを取り出し、裏面にテイムが追加されているか見ると、【テイム：コルヌルーヴ】となっていた。

女神カードに不正はできないので、確実に俺がテイムしていることがわかった。

「お前、俺と一緒に来るか？」

「わふっ」

怪我《けが》も癒えた子狼《おおかみ》は、顔を上げて俺を一瞥《いちべつ》すると一声鳴き、わずかに残ったホットドッグを再び齧り始めた。

「よっぽど腹が空《す》いているのか、それともただの食いしん坊？」

いやテイムされると俺の魔力で生活できるから、食事は必要ないはず。そこから導き出される答えは……

「ただの食いしん坊かよっ」

野生のウルフもといコルヌルーヴを連れていくなら、やっぱり綺麗《きれい》にしないとだね。

食事中のコルヌルーヴに浄化《クリーン》をかける。

すると薄汚れていた姿がまるで漂白されたかのように、眩《まばゆ》いばかりに光を反射する純白に変化し、毛並みも綿毛を彷彿《ほうふつ》させるふかふかで柔らかな質感になった。

尻尾も毛量が多いのか毛足が長いのか、ふんわりとした狐《きつね》の尻尾を彷彿とさせるようにもこもことしている。

ためしに背中を撫でてみると、柔らかく反発する抵抗が感じられ、どこまでも指が沈み込みそうで滑らかな感触だった。

いつまでも撫でていたい、そう思わせる手触りだった。

「お前に名前つけないといけないな」

まだ足元のふらつくコルヌルーヴを抱きかかえ、街道を歩きながら独り言を発する。

白い狼は神話に出てくるフェンリルのイメージが強いから、フェンリルっぽい狼でフェ狼《フェロウ》にするか。フェローシップの略語ともいえるし、これから一緒に過ごす仲間という意味でも、我ながら良い名前を思いついたと自画自賛をしてしまう。「お前の名前はフェロウだ。仲間って意味があるぞ」

「わふわふっ」

気に入ったのか尻尾の動きが一層激しくなる。

「そういえばこいつは雄雌どっちだ？」

「わふっ？」

俺の質問がわからないようで、尻尾を振りつつも小首を傾《かし》げるフェロウ。

「いや返事されてもどっちか分からん」

テイムの紋様でつながったとはいえ、フェロウの考えが分かるような便利な能力はないようだ。

残念。

とりあえず前足の脇に手を入れて持ち上げ、お腹を見る。

「うーん。毛並みに隠れているってことは……ないのだろう。雌かな」

雌にフェロウって名前はどうかと思ったけど気に入ってるようだし、俺の仲間ってことだから気にしないことにする。

「ギルドに着いたらまずは登録だな」

「わふっ！」

フェロウと二人で新たな旅路に思いを馳《は》せ、街道をひたすら歩いていく。

旅の道連れ……というかお供かな？

フェロウが仲間になったけど、言葉が通じないから意思疎通も難しい。

俺のことは餌をくれる便利な人間と思っているか、主《あるじ》として敬意を持っているのかは不明だ。

ただ、こっちを見上げては犬のように尻尾を振っているから、少なくとも親しみは持っていると思いたい。

「まずは仲良くなるところから始めないとな」

「わふっ！」

俺の独り言にも素直に返事をくれるし、いま以上に仲良くなれば表情も読めるようになるかもしれない。

コルヌルーヴという名称だけではどんな種族かよくわからないけど、見た目からしてウルフ系の何かだと推測している。

子狼らしくふわふわもこもこで愛らしいけどね。

ウルフ系の魔物の扱いは知らないけど、とりあえず犬と遊ぶようにしてみるか。そこら辺の棒切れを投げて、拾ってこさせればいいかな？

街道を歩きながら道端に落ちていた手頃な棒を拾う。

「よーし。こいつを投げるから取ってこれるか？」

「わふわふっ！」

フェロウに棒を見せると遊んでもらえるとでも思ったのか、尻尾を振る速度が超加速する。興奮がすごいな。

ためしに下から腕を振り上げるようにゆっくりとした動作で手を振ると、フェロウは俺の手元を目で追っている。

（これなら棒を投げたら追いかけそうだな）

「それじゃあ投げるから、フェロウは走って取りに行くんだぞ？」

「わふっ！」

「それッ！」

先ほどと同じように下手投げの要領で、手にした棒を放り投げる。

前方に放たれた棒は重力に逆らうように二、三メートルの高さに上がると、綺麗な放物線を描きながら重力に従い落下する。

——カラン
フェロウでも運べそうな軽い棒だから、遠くまでは飛ばせない。飛距離にして十数メートルといったところか。

フェロウは棒の動きを目で追いながら、四つの足で地面を蹴って駆け出す。その後ろ姿はふわふわな尻尾をフリフリと揺らし、短い手足で懸命に走っている。

可愛《かわい》いもの好きの女の子が飛びつきそうな、愛嬌のある姿だ。

さすがに子犬の足では落下前には追いつけず、空中キャッチとはいかなかった。落ちている棒を咥《くわ》えて駆け戻ってきた。

——ハッ、ハッ、ハッ
俺の元に戻ったフェロウは、棒を咥えたままの息遣いで「取ってきたよと」報告しているようだ。

目の前にしゃがみ込むと、フェロウは一歩近づき棒を差し出しているように見える。

「また投げてほしいのか？」

咥えてる棒を掴《つか》んで回収しようとするが、フェロウは頑として離そうとはしない。

あー、犬がよくやる綱引きみたいなもんか。

しばらく棒の引っ張り合いを続けると、満足したのかフェロウは咥えていた棒を離した。

だが、その棒を見つめたまま目を輝かせている。

また投げろってことね。

「フェロウともっと仲良くしたいしな。それじゃあ、もう一度行くぞ！」

「わふわふっ！」

鳴き声で応えるフェロウの表情は、とても嬉しそうに見えた。

棒を投げる、取ってくるを繰り返しながら、少しずつ街道を進む。

亀のように遅い速度で進んでいたが、あるとき異変がやってくる。

フェロウが棒を咥えた瞬間、茂みの中からウルフ系の魔物が飛び出してきた！

少しずつ進みながら、棒が落ちたところに子犬がやってくるのを観察していたのか、明らかにフェロウに狙いを定めているようだ。一直線に駆けこんでいる。

「逃げろフェロウ！」

「わふんッ!?」

焦りから上ずった声でフェロウに向かって叫ぶと、驚くほど奇妙な声を上げ、食われてなるものかと短い手足を懸命に動かし逃走を始めた。

(さすがに棒は諦めるよな)

何にせよ、身軽な状態で走っているのは良いことだ。

トーアレドのダンジョンでは見たことのない色のウルフ。単独で行動しているし、恐らくブッシュウルフだろう。

事前に冒険者ギルドで集めた情報によると、こいつは群れを成すグレイウルフとは違い、単独か番《つがい》で狩りをするウルフ系の魔物だ。茂みに紛れるように緑系の毛並みをしているから見分けやすい。

フェロウを追いかけているのも、緑色のウルフが一匹だけだから間違いないだろう。

茂みから飛び出し、街道中央付近にいるフェロウ目掛けて奇襲をかけたブッシュウルフ。

咄嗟《とっさ》に逃げ出したが、成体のブッシュウルフと子犬姿のフェロウとでは足の速さが違う。早々に追いつかれ噛み殺されてしまうだろう。

「急げフェロウ！」

「わふっ！」

まっすぐ俺の元に逃げてくるフェロウ。獲物を逃すまいと追い縋《すが》るブッシュウルフ。彼我《ひが》の差は瞬《また》く間に縮まっていく。

フェロウとブッシュウルフが近づきすぎて狙いにくくなる前に、魔力を練り上げて棒手裏剣の土魔法を放つ。

「喰《く》らえ！」

人目のない街の外。実力を隠すために威力を抑えるなどはせず、銃弾の如き速度でブッシュウルフの頭部を狙った。

――ザスッ！

距離の近さもあり、放たれた魔法は寸分違わずブッシュウルフの眉間へと吸い込まれる。

「ギャンッ？　!?」

ブッシュウルフは駆け足のままぐらりと横に倒れ、滑りながら土煙を上げると、地面との摩擦で速度を落とし停止した。その一撃が致命傷となった。

ピクリとも動かないブッシュウルフの姿をジッと見つめ、念のため魔力探知を放って生命活動の停止を確認する。

「周囲には魔物はいないか……」

同時に安全確認も終え、ブッシュウルフをアイテムボックスに収納して一息つくと、張り詰めていた緊張を解く。

「フェロウの相手をしていて、魔力探知の警戒を疎《おろそ》かにしていたら危険だな」

「わふぅ～……」

独り言を呟《つぶや》くと、俺の台詞で反省しているのか、フェロウは頭を下げてしょんぼりとしている。

嬉しそうに振っていた尻尾は見る影もなく、真摯《しんし》に反省しているのか力なくだらりと垂れ下がっていた。

真っ先に逃げ出していたし、まだフェロウに戦いは無理か。戦闘要員と考えるのやめておこう。

ウルフ仲間から追い出されるくらいだしな。

「もっと大きくなったら助けてくれよな」

「わふっ！　!!」

素直すぎて返事だけはいいな。


ボッチ旅で始まった俺にも、フェロウという新しい仲間ができた。


これから向かうレージングの街は一大観光地だ。

街道と並走するように流れる川と、その先にあるレージング湖の景色はとても美しく、またこの川と湖のおかげで、トーアレド地区の北側に広がる森から来る魔物を阻んでいる。

そのほかにも、トーアレドに向かうための中継地点としての役割や、農業面においてもこれからまだまだ開発の余地がある発展途上の街だ。

街の東門にたどり着き、検査待ちの商隊や近隣の村から集められた食料を運ぶ行商人の列に混ざって、俺もフェロウを撫でながら順番を待っていた。

検問も順調に進み、程なくして俺も検査の番がやってきた。

「今日テイムしたばかりの魔物なんだ」

警備兵にそう説明し、女神カードと抱えているフェロウを見せ、これから登録に行くと伝えて冒険者ギルドの場所を聞く。

「ここは観光地だから、魔物の入街を厳しくしている」

と言われ魔物の入街税として大銅貨一枚を要求された。

トーアレドにはなかった税だけど、レージングの街ではそんな税を徴収するのか……。頻繁に街を出入りする冒険者や商人がテイムモンスターを従えていたら、その都度税を徴収されるとすると、俺やメイリアみたいなテイマーが活動拠点とするには不向きな街かな。

浮かれた観光客とトラブルにならないよう、魔物の手綱は外さないようにするとか、なにやら規則があるらしい。

まだ街にすら入っていないのにトーアレドとの違いを目の当たりにし、やりづらそうだなと感じた。

領主が決めた税だから仕方のないことだと諦めるも、若干不満を覚える検査を終え、ようやく街へと入る。

街の人以外にも観光客が多く訪れるようで、大通りを行き交う人は多く街は活気に満ちているが、観光業と関連産業以外の商売は、それほど活気があるようには見えなかった。

「とにかくギルドに行って登録しよう」

「わふっ」

返事と共にしばしの間、尻尾が激しく揺れる。

しかしフェロウを撫でていると落ち着くな。

東門から街の中心との間くらいに冒険者ギルドは建っていて、さっそく中に入る。

「ここはお嬢ちゃんが来るような場所じゃないぞ」

ロビーに入ると閑散としていて、中年冒険者が俺に向かって喧嘩《けんか》を売ってきたが、無視をして受付カウンターへ向かう。

「魔物をテイムしたので登録に来ました。首輪も購入します」

「おい！　犬っころを抱いたお前だよ！」

「……何か用ですか？　いま手続き中であんたみたいな人に構ってる暇ないんですけど？」

先ほどお嬢ちゃんと言われて腹が立っていたので、嫌悪感を隠すこともせず、トゲトゲとした言葉を返す。

「見かけない顔だなあ。新入りなら俺に挨拶するのが筋ってもんだろ」

なんか変なこと言っているので、受付のお姉さんに「そうなの？」と尋ねると、「そんなことないわよ」と教えてくれた。

「そんな仕組みはないみたいですよ。お山の大将がやりたいなら冒険者ギルドにいるのはお門違《かどちが》いです」

「なんだと！」

顔を真っ赤にして怒り出した中年冒険者は、俺の胸倉を掴み力任せに三十センチほど持ち上げた。

「あっお姉さん、ギルマスを呼んでもらえますか？」

持ち上げられたことで、目線がお姉さんと同じくらいだ。背が伸びた気分でちょっと嬉しい。

小さい子が荒くれ者に襲われているという報告に慌てたのか、すぐさま階段を駆け下りギルマスが近づいてきた。

「またお前か！」

どうやらこの人は、来る人みんなに絡んでくるタイプらしい。

魔物の手綱よりも、この人に手綱を付けてほしい。

「チッ、ギルマスか……」

駆け寄る男性に視線を向けるも、舌打ちをして顔を背けていた。

「そう思うならさっさと下ろしてください」

と言ったら、中年冒険者からこぶしが飛んできた！

ギルマスの方を向いていたため、至近距離からの拳を避《よ》けることができず、頬《ほお》を殴られ唇を切ったのか赤い血が垂れた。

「手を出しましたね。殺し合いがしたいなら受けて立ちますよ」

俺は「女神フェルミエーナ様に感謝を」と詠唱して魔法を発動させる準備をする。

それを聞いてまずいと思ったギルマスは、俺を掴んでいる冒険者の手首を勢いよく叩き解放させるが、俺が土魔法で作り出した球体を鳩尾目掛《みぞおち》けて撃ち出す方が早かった。


「ぐえええぇぇぇ……ッ」

手痛い反撃を受けたそいつは、たまらず苦悶《くもん》の声を上げ、腹部を押さえていた。

「お前。これはやりすぎだぞ」

ギルマスが被害者を咎《とが》めるような台詞を吐く。

「そうですか？　怪我しているのはお互い様ですよ。しかも先に手を出してきたのはあちらです」

「いやしかしだな……」

明らかに正当防衛なのは間違いなく、非のない俺に二の句が継げずにいた。

「それと、暴漢に反撃しただけの俺に文句を言うのは筋違いでしょ。こうならないようギルマスを呼び、回避する努力はしましたよ」

「そうだが……」

「俺は魔物登録に来ただけなので、それが済んだらもう行きます。あと、これでも食べて静かにしてください！」

リュックサックからチェスターさん作の美味しいホットドッグを取り出し、ギルマスに渡して食べさせる。食べている間は黙らせられるだろう。

ギルマスが食べ始めるのを見届け受付嬢に向き直ると、空気を読んだ受付嬢はすぐに手続きを始めていた。途中で「ウマッ!?」という声が聞こえていた。

「登録料一万ゴルドと首輪代一万ゴルドの合計二万ゴルドになります」

トーアレドのギルドだと首輪代の一万ゴルドだけで済んだのに、地域性ってやつなのか、明らかに手数料が上乗せされている。

これ以上余計な騒ぎに巻き込まれないよう二万ゴルドを支払い、フェロウに首輪を付けてさっさとギルドを出ようとするが、手続き完了と同時に食べ終えたギルマスに呼び止められた。

「ちょっと待ってくれ!」

先ほどまでの不機嫌そうな表情は鳴りを潜め、美味しいホットドッグを食べたギルマスは、とても良い笑顔を浮かべていた。

「まだ何か?」

「今のホットドッグはどこで買えるんだ? 教えてくれ!」

チェスターさんのホットドッグが気に入ったようで、継続して購入したいらしいが残念ながらこの街では手に入らない。

「トーアレドの【角ウサギ亭】で買えますよ」

「この街では買えないのか……」

表情を曇らせ肩を落とすギルマス。

この街に来たばかりの俺が、美味しいホットドッグの屋台を知るはずもない。呼び止めた理由はそれだけのようなので、これ以上の騒ぎは遠慮したいと踵《きびす》を返してギルドを出る。

依頼表を見てこの辺りで出現する魔物の傾向や、おすすめの宿屋とか聞きたかったけど、長居できる状況でもなかったし、自分で探すしかなさそうだ。

「南北の通りは観光客相手のぼったくりだろうから、ギルド周辺で探すのがいいかな。冒険者ギルドのある東寄りなら観光客は来ないだろうしね」

「わふっ」

よく分かっていないフェロウは、尻尾を振りながら同意をしていた。

とはいえ、口元から血を流している人をにこやかに泊めてくれる宿はないだろうから、人影のない路地に入ったところで、こっそり回復魔法をかけて治療し口元の血を拭き取る。

大通りに戻り周囲に視線を巡らせ、外観と宿名から本日泊まるところを探す。


ギルドの向かい側の通りで、少し中心部寄りにある【小鳥の羽休め亭】という宿が、一泊大銅貨四枚と少し高めだがそこそこ良さそうだったので、ここに泊まることにする。

あんまり選びすぎて、フェロウで断られると大変だしね。

一緒に泊まれる宿を優先だ。

受付を済ませ宿の説明を聞くと、食堂のない素泊まりの宿だから食事は外食するしかなく、フェロウを連れて屋台で夕飯を済ませることにする。

屋台の立ち並ぶ広場に行くと、肉が焼ける美味しそうな匂いがそこかしこから香ってきて、店主が調理の手を止めずに威勢よく呼び込みをしている。

「うちの肉串はどこよりも美味《うま》いよ！」

「肉料理にうちのスープは相性抜群だよー！」

「歩き疲れたらうちの果実水を飲むと疲れも吹き飛ぶよ！」

「冒険者メシあるよー！　歩きながらでも手軽に食べられるよ！」

いろいろな屋台に活気があり、どこの料理を食べても外さない雰囲気だ。

店主のかけ声を聞くとトーアレドの隣の街ということもあって、ミンサーが普及しているらしくホットドッグや冒険者メシといった、ソーセージを使った軽食が人気を博しているようだ。

これに地域性の特色あるホットドッグが現れると、旅の楽しさも増えるというものだけど、そういった発展はまだこれからのようで将来が楽しみになる。

栄養バランスを考えて肉串と野菜がたっぷり入ったスープを買って、空いているテーブルに座り、フェロウと分け合って簡単に食事を済ませた。

街歩きをする気分でもないので、さっさと宿に戻り反省会をしよう。

受付で鍵を受け取り、割り当てられた部屋へと移動する。

狭い一人部屋の中でベッドに腰を落ち着かせ考えを巡らす。

ギルドでの冒険者を挑発しすぎたな。とか、テイムした魔物の手数料とかの諸々《もろもろ》が小さな積み重ねだけど、モヤモヤしたたな。とか、フェロウをテイムできたのは嬉しかったな「わふっ」とか、いろいろ溜《た》まっていたのかもしれない。

トーアレドで襲われてから、冒険者に対して警戒心が高まり、ちょっと好戦的になっていたのもあるかも。

フェロウを構いまくって癒やされたら治まるかな……？

いろいろ複雑な感情を見つめ直し、もう少し上手《うま》く立ち回りたいと思った。

あっ思い出した、一番イラっと来たのが「お嬢ちゃん」って呼ばれたことだ！

いつもはボウズって呼ばれるのに、今回は何でお嬢ちゃん呼びなのだろうか……

でっかいフィールズが近くにいなかったから？

自分で言うのも何だけど、女顔でチビだから間違えられやすいのかも。

自覚しているだけに指摘されると余計に腹が立ち、脊髄反射してしまうのか……

見てくれを男らしくするには、ソルジャーアントの防具をいつでも着込むとかかな？

街近くだからと鎧《よろい》は仕舞っていたのが間違いか、浄化《クリーン》もあるからいつでも清潔にできるし、なるべく着込んで冒険者らしく振る舞えばお嬢ちゃん呼びを避けられるかな。

反省と改善点を考えていると、ふとギルマスの態度を思い出す。

明らかに守るべき対象を間違えていたが、終始不機嫌そうにしていたギルマスがホットドッグを食べ終えた途端に表情を変えていた。味に満足しもっと欲しいと求めたからだ。

不機嫌な人も笑顔にさせるチェスターさんの料理は素晴らしいし、そんな美味しい料理を広めれば笑顔で溢れるし、世界から争いがなくなりそうだ。

そこまで楽観的じゃないし聖人君子のような殊勝な考えはないが、良いことに思えるのは確かだし、もちろん俺も美味しいものが食べたい。

俺が新しい料理方法を教えて、プロの料理人が最高に美味しいものに仕立て直す。そんな風に笑顔を増やし、各地で発展した美味しいものを行く先々で堪能する。

そして食べ物に関連して食前食後の祈りを広めれば、女神の使徒としての活動も同時にこなせる。

もちろん大きな権力を持つ人に取り入った方が食前食後の祈りが広く根付くのは早いけど、今の俺にはそんな伝手《つて》はない。せいぜい王立賢王養護施設とチェスター一家に「いただきます」の影響を与えた程度だからね。

「今後はそういった方面にも気を配っていこう」

「わふ？」

俺の独り言を聞かされ、意味がわからず首を傾げるフェロウ。

ベッドで横になり、フェロウを撫でながら、いつものように魔力を放出し目を瞑《つむ》った

番外編

角ウサギ亭の看板娘

「ツーリアちゃん。給仕を手伝うことになったよ、よろしくね。この料理どこに持っていったらいい？」

戸惑うわたしに、エルさんは初めて会った時と同じようにここに来た理由を言ってくれた。この人は気遣いまでできる優しい人みたいだと好印象を受ける。

戦場のように慌ただしい食堂に、爽やかな笑みを浮かべながら料理を手に現れた女の子？　でも俺っていうくらいだから男の子？

服装は男の子風だけど女の子が着てもおかしくないし……ぱっと見じゃどちらかわからないけど、猫の手も借りたいくらい忙しいところに来てくれたのなら働いてもらおう。

「それじゃああの槍《やり》を立てかけている冒険者さんのテーブルにお願い」

オーダーを受けた相手を思い出し、わかりやすい目印になるものを指さしながら指示を出す。

「あそこか。分かった、運んでくるよ」

わたしの説明で理解できたようで、彼？（とりあえず男の子だと思っておこう）はさっそく料理を運んでいった。

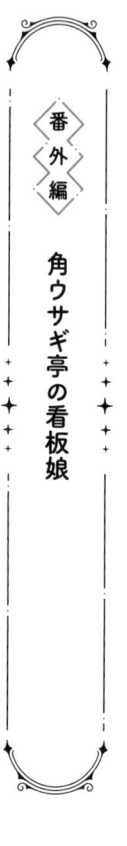

「あっ、待って！」

呼び止めたわたしの声に反応して、首だけで振り返るエルさん。横顔を見ても女の子に見えるよね。

食堂に食べに来る薄汚《おきゃく》れた格好をしている冒険者《さん》たちと違って、中性的というよりは女性的で綺《き》麗《れい》な顔立ちに見つめられると胸が鳴る。今までにないタイプの人だからかな？

「なに？」

「えっと……。あの冒険者さんは武器を粗雑に扱われるとすごく怒るから、立てかけてある槍を倒したりしないように注意してね」

お父さんの知り合いの冒険者さんで常連さんなんだけど、お兄ちゃんが運んだときに何回か槍を倒したことがあって、その都度ものすごく怒られていたもの。

でも、わたしが倒して謝ったときは、あんなに怒っていなかったのに……

「そうなんだ、気をつけるよ」

そう言って指定したテーブルに運んだ彼は、お客さんと一言二言話すと料理を並べていった。

見る限りは問題なさそうだし、お客さんを怒らせたりはしていないみたい。あれなら給仕を任せても大丈夫そうね。

開いたテーブルの上を片付けながら、横目で観察していたエルさんの働きぶりに満足していた。

そのままエルさんと二人で給仕をして食堂を回していたけど、目の回る忙しさに慣れてきたのか余裕ができた。

人手が足らなくてお昼の営業ではお酒は提供してなかったけど、これならエールを出しても大丈夫そうね。

「みなさん！　今からエールの販売を始めます！　ただし、最初に注文する分だけにしてください！」

店内にいるお客さんに聞こえるよう、大きな声を張り上げる。

聞きそびれた人がいないとも限らないから、念のため「繰り返します――」と続けて、もう一度同じセリフを口にして周知した。


すると、一瞬の沈黙の後「うおぉぉぉ！！」と一部から歓声が巻き上がると、怒涛《どとう》の勢いで店中に広がった。

「ここのメシには酒がないとな！」

「ああ！　美味《うま》いもんを味わってエールで流し込む。この店の醍醐味《だいごみ》だな！」

「さっそくだがエールを頼む！」

「チッ！　抜け駆けスンナ！　オレにもエールを頼む！」

喜びをあらわにしたお客さんたちから、食べている料理に合わせてエールの注文が殺到する。

「注文は一回だけですからね!!　忘れないでくださいよ！」

エールの注文が矢継ぎ早に続いて後悔をするも、最初の注文を乗り切れば何とかこなせそうだと言い聞かせ、自身が招いた忙しさといえ、お客さんの笑顔が見れて幸せを感じていた。

初めは家業だからと仕方なく手伝っていたが、今となっては美味《おい》しい料理を食べて嬉しそうにしているお客さんを見るのがやり甲斐《がい》に変わっていて、角《つの》ウサギ亭《てい》が大好きだとツーリアは実感していた。

エールの注文が殺到した忙しさを乗り切り、新たに来店したお客さんを迎えて空いているテーブルに案内する。

「ん？　昼なのに酒が出るのか？」

その常連客は、他の客がエールを呷《あお》っている姿を見て疑問を口にした。

「少し余裕があったたから、料理と一緒に注文を受けてますよ」

お父さんの知り合いで常連の冒険者さんだから、お客さんとはいえ言葉遣いが気易《きやす》くなる。

「お酒の注文は一回だけですからね！」

と、念を押すのを忘れない。

「注文を頼む！」

仲間を連れた常連客が席に着くと、さっそくとばかりに注文を始める。

お父さんの料理と一緒に味わうお酒を楽しみにしていたのか、注文したエールの数は明らかに多い。

「えっと、料理が五人前とエールが八杯だから、えっと……」

慌てて計算するも、人数も多くてすぐには答えを出せなかった。注文したエールの数が人数より多いのも、計算をより煩雑にさせていた。

八百ゴルドの料理と四百ゴルドのエールだからと呟《つぶや》きながら、指折り数えていると……

「七千二百ゴルドだね」

通りすがりのエルさんが、いつの間に計算したのか合計額を教えてくれた。

その金額をそのまま常連客に伝えて代金を受け取り、オーダーを厨房《ちゅうぼう》へ伝える。

「値段の説明はしていなかったのに……」

「他のお客さんのお会計が聞こえていたから単価は把握しているよ。ツーリアちゃんの声は騒がしくても聞き取りやすいからね（おっさんの野太い声ばかりの中なら、女の子の声は目立つ！）」

すごい!!

代金は前払い制でお金を扱うから、注文を受けるのはわたしがやっていたのに、お料理を運びながらいつの間にか値段まで覚えていたなんて……この人は何てすごい人なんだろう。


あとでじっくり計算したら、エルさんのいった金額に間違いはなかった。

王立賢王養護施設の人は、こんなにすごい人ばかりなのかな？


昼の営業は終わりを迎え、エルさんも給仕の仕事を終えて冒険者ギルドに帰っていった。

わたしも閑散とした食堂で休憩したあと、受付カウンターに腰を据えてお母さんの代わりに昼の売り上げをまとめる。

それが終わった頃、珍しくお父さんがわたしを呼ぶ声が聞こえた。

「ツーリア」

「おとーさん、どうしたの？」

「これから夕方の仕込みで忙しくなるから、今のうちにこれを食べておけ」

そういって申し訳なさそうな顔をしたお父さんは、トレイにのった料理を差し出してきた。

ただでさえ忙しかった食堂だけど、お母さんが倒れてからさらに慌ただしくなっているからって、わたしは楽しくやっているからそんな顔をしなくてもいいのに……

お客さんの前では笑顔を絶やさないが、お父さんに理解されていないことで少しだけ不満げな表情を浮かべる。

「おかーさんと一緒に食べてくる」

お父さんが両手に持っていた二つのトレイを、一つずつ受け取り受付カウンターに置くと、「仕込みをするんでしょ！」と、厨房へと追いやった。

「……はぁ」

ため息を一つつくも、トレイから立ち昇る美味しそうな匂いで気分も上がり、気持ちを入れ替えてお母さんの元へ料理を運ぶ。

「おかーさん、夕ご飯を持ってきたよ。美味しそうな料理だし、あったかいうちに食べよう！」

過労で倒れたお母さんが、一人だけ休んでいることで変に気を使わないよう、努めて明るく振る舞う。

「ありがとう、ツーリア。本当、チェスターの料理は美味しそうね」

ベッドに横たわるお母さんが身体を起こし、トレイの料理を見て感想を述べる。

「お昼に食べたのと同じ料理かしら？　あれは食べやすくって美味しかったわあ。また食べられるのね、嬉しいわ」

嬉しそうに目を輝かせたお母さんは、トレイを受け取ると待ち切れない様子でカトラリーを手にしていた。

お昼ご飯をしっかり食べたおかげか昨日より顔色が良くなったし、これから体調も良くなっていきそうだと安堵《あんど》する。

受付カウンターに残してあるもう一つのトレイを取って戻り、お母さんと一緒に食事を始める。

「お昼と同じ料理なのに、お母さんは食べ飽きたりしないの？」

「この赤いソースはお昼の時にはかかってなかったわ。そのままでも美味しく食べたのに、今度のは味が違うから飽きたりはしないわよ」

お父さんも料理に工夫をしたんだなと思い、お母さんと同じように赤いソースのかかった部分を食べてみる。

口に入れるとお肉がホロホロと柔らかくて食べやすい。細かく刻まれているせいか肉汁もたっぷりと流れ出し、肉本来のうま味がダイレクトに感じられる。ソースの酸味が肉と合わさることでさっぱりと食べられ、いくら食べても飽きることはなさそうだ。

「すごく美味しくなってる!?　いつまででも食べられそう！」

「ふふっ。その前にお腹いっぱいになるわよ」

ハンバーグの感想を口にすると、お腹には限界があるとお母さんに笑われちゃった。でも、笑顔が零《こぼ》れるくらいには元気になって、安心できる。

人手が足らなくて忙しくて、口を開くのも億劫《おっくう》なほど疲れ果てていた。そんな状態が続いていたから、久しぶりに親子の会話を楽しんだ気がする。

「チェスターはすごい料理を考えたわね」

「これ、おとーさんが考えたんじゃないんだって」

「そうなの？」

「うん。冒険者ギルドに依頼して、今日手伝いに来た人が教えてくれた料理なんだよ」

「そうなのね……何かお礼をしなくちゃいけないわね。お母さん、この料理好きだもの！」

「わたしもハンバーグは美味しいから好きだよ。あとでおとーさんに言っておくね」

「チェスターが来たらお母さんも言うわ。それで、どんな人だったの？」

お母さんの興味を引いたようで、一緒に仕事をして知ったエルさんのことを、事細かに説明をした。

「ツーリアと同じ年頃の子ねえ……。賢王養護施設の子はしっかりとした教育を受けているのかしら？」

人差し指を顎《あご》に当てて考え込むお母さん。

そんな仕草が可愛《かわい》らしく映って、お父さんは結婚を申し込んだのかな？

二人の馴《な》れ初《そ》めについて益体もないことを考えていたら、お母さんは話を続けていた。

「エルくん？　みたいな子がいるのなら、養護施設の子を受け入れてもいいかもしれないわね」

お母さんに伝えたエルさんのこと、すごいすごいって言いすぎたかな？

でも本当にすごかったから、間違ってないよね。

「おかーさん、それじゃ……」

「そうねえ……。すぐ働ける子がいたら、うちの宿も人手不足が解消するわね」

「やった！」

宿の仕事は大好きだけど、家族一同、忙しすぎるのには困り果てていた。

雇う人を探しに行く暇もなかったくらい本当に忙しくて、それが祟《たた》ってお母さんが倒れちゃうくらいだし。

「ツーリアの説明でエルくんのことをすごい持ち上げていたけど、彼のこと好きになっちゃったの？」

お母さんが明《あ》け透《す》けに聞いてくる。

エルさんのことを好き……？

お母さんに指摘されてじっくりと考えてみる。

顔見知りの年の近い男の子には全くいないタイプだった。

エルさんの顔を思い出すと、わたしの顔は熱くなりトクンと鼓動が速くなる。

「ツーリアにも気になる男の子ができたのねえ」

見守るような優しい眼差しを向けてくるお母さん。

指摘されるとますます顔が赤く火照《ほて》る。

出会ったばかりなのに、働きぶりを見て好きになっちゃったんだ!?

「揶揄《からか》わないでよっ」

精一杯抵抗するも、お母さんは微笑《ほほえ》ましそうな笑みを絶やさない。

「そんなにすごい子なら、ツーリアみたいに好きになっちゃう子がいっぱいいるんじゃないかしら?」

お母さんから指摘を受けると、他の人たちに先んじてエルさんの心を射止めるため、明日から積極的に行動しようと心に誓う。

MFブックス

転生《てんせい》冒《ぼう》険《けん》者《しゃ》、ボッチ女《め》神《がみ》を救《すく》う ～もふもふ達《たち》とのんびり旅《たび》をしていたら、魔《ま》法《ほう》を極《きわ》めてた～ 1

2025年4月25日　初版発行

著者　黄昏
発行者　山下直久
発行　株式会社KADOKAWA
〒102-8177　東京都千代田区富士見2-13-3
0570-002-301（ナビダイヤル）
印刷　株式会社広済堂ネクスト
製本　株式会社広済堂ネクスト
ISBN 978-4-04-684712-6 C0093　Printed in JAPAN

企画　株式会社フロンティアワークス
担当編集　小長谷美沙／平山雅史（株式会社フロンティアワークス）
ブックデザイン　AFTERGLOW
デザインフォーマット　AFTERGLOW
イラスト　п猫R

本書は、カクヨムに掲載された「転生冒険者？～ぼっち女神の使徒に～」を加筆修正したものです。

この作品はフィクションです。実在の人物・団体・事件・地名・名称等とは一切関係ありません。

【収納無双】
～勇者にチュートリアルで倒される
悪役デブモブに転生したオレ、
元の体のポテンシャルとゲーム知識で無双する～
前世の知識で楽々ダンジョン攻略！
くーねるでぶる（戒め）
illustration ぺんぐぅ
貴族少年・ジルベールは「主人公に必殺技を教えてから序盤で死ぬ」という役回りの悪役デブモブキャラ。未来を変えるため、【収納】をバトルで活用＆身分を隠して最強冒険者としてサクッとダンジョン攻略へ！
MFブックス新シリーズ発売中!!

異世界旅はニワトリスと共に
ISEKAITABI HA NIWATORISU TO TOMONI
浅葱
illust. くろでこ
オトカはある日森で、ニワトリに似た魔物・ニワトリスのヒナを二羽助け、同時に自分が転生者であることを思い出す。
三年後、立派に成長したニワトリスたちは、卵を産むことでオトカの家族から狙われていた。
十歳のオトカは、ある晩、ニワトリスたちと共に夜逃げを決行する。
せっかくだから、自由に世界中を回ってみたい。オトカは、シロちゃん、クロちゃんと名付けたニワトリスたちと、異世界旅を謳歌する。他の魔物たちと出会って仲良くなったり、冒険者になったり。異世界旅は、ニワトリスと共に!
自由で気ままな旅は、かわいくて最強な子たちと!
MFブックス新シリーズ発売中!!
MFブックス

アンケートに答えて著者書き下ろし「こぼれ話」を読もう！

「こぼれ話」の内容は、
あとがきだったり
ショートストーリーだったり、
タイトルによってさまざまです。
読んでみてのお楽しみ！

よりよい本作りのため、
読者の皆様のご意見を参考にさせて頂きたく、
アンケートを実施しております。

奥付掲載の二次元コード（またはURL）にお手持ちの端末でアクセス。

↓

奥付掲載のパスワードを入力すると、アンケートページが開きます。

↓

アンケートにご協力頂きますと、著者書き下ろしの「こぼれ話」がWEBで読めます。

- PC・スマートフォンに対応しております（一部対応していない機種もございます）。
- サイトにアクセスする際や、登録・メール送信時にかかる通信費はご負担ください。
- やむを得ない事情により公開を中断・終了する場合があります。